デミウルゴス

CHARACTER

INDEX

嫌われ勇者を演じた俺は、なぜかラスボスに好かれて一緒に生活してます!

KIRAWAREYUSHA WO ENJITA ORE HA NAZEKA RASUBOSS NI SUKARETE ISSYO NI KURASHITEMASU!

KIRAWAREYUSHA WO ENJITA ORE HA NAZEKA RASUBOSS NI SUKARETE ISSYO NI KURASHITEMASU!

嫌われ勇者を演じた俺は、なぜかラスボスに好かれて一緒に生活してます！

らいと

BRAVENOVEL
ブレイブ文庫

一章　離反される勇者

【アレス・ブレイブ】は、勇者である。

選ばれし者。女神の祝福をその身に受けた超越者。

誰からも尊敬と羨望を集める、稀代の英雄。

それが、彼だ。

これまで数々の冒険をこなし、この世界を苦しめる魔神を倒すため、日々、戦い続けてきた。

そしてついに彼は魔神の住むとされる異界への扉、次元の裂け目があるグレイブ荒野までたどり着き、今まさに、最後の戦いの舞台へと、彼は踏み出そうとしていたのだが……


「――は？　お前ら、なに言ってんだよ？」

「何度も言ったでしょ！　もうこれ以上、あんたには付き合えないわ！」

「わ、わたしも……です！」

「ワシもだ。そなたの愚行はあまりにも目に余りすぎた。もう、ついて行くことはできん」

荒涼とした大地を前に、三人の女性が俺に向かって怒りを露わにしていた。

この先には、真っ黒な空間が口を開けた次元の裂け目がある。

その奥にいるであろう魔神を倒すために、俺たちはここまで旅をしてきた。

だがここにきて、俺はパーティーメンバーであった三人の少女たちから、これ以上は一緒に行けない、などと言われていた。

「おいおい、ここまできて何言ってんだよ？　もうここで最後じゃねぇか？　これまで一緒に戦ってきたってのに、今更ついてこれないとか、意味わかんねぇんだけど」

「うるさい！　あんた、自分が今まで何をしてきたのか、わかってそんなこと言ってんの!?」

金髪碧眼の少女、【マルティーナ・セイバー】が、俺に向かって声を荒立てながら噛み付いてくる。

長い金糸のような髪が美しい、グラマラスな少女である。出るとこは出て、引っ込むところはしっかりと引っ込んでいる。まさしく女性の理想系。聖騎士のジョブを持つ彼女は、剣技と光魔法、回復魔法を扱えるうえに、防御力も非常に高いときている。パーティーでは前衛も後衛も務めることができるので、戦闘では重要な役割を担っている。

そんな彼女が、勇者である俺に向かって、怒りに燃えた青い瞳を向けていた。

「いっつも戦闘中はあたしたちの後ろに隠れて、自分は何もしないばかりか、敵をあたしたちに押し付けてくる始末じゃない！　おまけにお風呂は覗くし街中でお尻や胸は触ってくるわのセクハラ三昧！　あげくギルドで受け取った報酬は全部ひとりで勝手に使っちゃうし！　もううんざりだわ！」

「おいおい、別に勇者である俺様が稼いだ金をどう使ったっていいじゃねぇかよ」

「あ・た・し・た・ち・で、稼いだお金よ！　しかも使い道が賭け事とお酒なんて最低よ！

そのくせあたしたちには一ゴールドも入ってこないじゃない！」

顔を真っ赤に染めて怒声を浴びせてくるマルティーナ。

それに続くようにして、賢者である小柄な少女が小声で訴えてくる。

名前は【ソフィア・アーク】。

ほぼ全ての魔法に精通した、最強の魔法使い。

攻撃、回復、支援と、あらゆるジャンルの魔法を使いこなせる、まさしく魔法のエキスパートである。

「そ、それにアレスさん、酒場や宿屋で大暴れして、わたしたち、いくつも出禁になった。しかも、武器屋や防具屋まで……あげく、ギルドからも勇者パーティーお断り、なんてことになったんですよ」

少女は地面すれすれまで伸ばした、黒と白とで半分に分かれた髪の毛を揺らす。表情は前髪のせいでよく見えないが、明らかに憤りを露わにしているのがわかる。完全なるロリ体形だが、これはこれで需要があるのだから、世の中わからない。

が、今はその小さな体が小刻みに震えていた。怒りのせいであろう。

「あん？　それは俺様が勇者と知りながら、採取なんてしょっぱい依頼を出してきたり、俺様が使ってやろうって装備品で金を取ろうなんてすっから、店主をボコボコにしてやっただけだろうが。しかも宿屋や酒場はサービスの悪いのなんの……俺様が利用してやるんだから、それなりの接待ってもんを要求するのなんて、当たり前だろうが」

「

「非常識なのはあっちだっつうの。俺様はなんにも悪くないね」

「〜〜〜〜〜〜っ！」

「あ、あんたねぇ〜〜っ」

マルティーナとソフィアが拳を握って戦慄いた。マルティーナのこめかみには、はっきりと青筋が浮かんでいる。今にも俺に殴り掛かってきそうな雰囲気だ。

そんな彼女たちの背後から、このメンバーの中では異色の容姿を持った少女が前に出てきた。

「それだけではない。アレス、そなたは目の前で村が襲われているのを目にしておきながら、そこに助けに行くこともせず、素通りを決めようとしたこともあったな」

彼女は【トウカ・ムラサメ】。

俺たちとは違う大陸から流れ着いてきた、流浪の剣士だ。サムライ、という珍しいジョブについている。このパーティーで最も高い攻撃力を誇る前衛であった。彼女は真っ黒な髪を後ろで束ね、同じく黒の瞳に静かな怒りを滲ませて、俺のことを睨んでいる。

「むこの民が、魔物に蹂躙されようとしているというのに、勇者であるそなたはそれを救おうともしなかった。それどころか、一瞥もせずになんと言ったか覚えているか？」

トウカは拳を震わせながら、キッと眼光を鋭くし、俺を睨みつけた。

「さぁ？　なんて言ったんだっけ？」

「くっ！　そなたは、『別に助けたってなんの得にもならない。だったら無視でいいだろ』とのたまったんだ！　この下郎が!!」

「うぉ!?　そんな怒んなって。別に間違っちゃいねぇだろうが。よく覚えてねぇけど、俺様が無視したってことは、ちっせぇ村だったんだろ？　だったら助けてやったところで、なんの得も期待できねぇじゃねぇかよ」

「そういう問題ではなかろう！　人の命が掛かっていたのだぞ！」

普段は滅多に声を荒げることのないトウカが、烈火のごとき怒りを露わにしてくる。黒い髪が翻り、まるで怒髪のようになっていた。

「これまでずっと我慢してきたけど、もういい加減にあたしも限界だわ！」

「は、はいっ、ここから先の戦いは、命がけです……そんな場所に、あなたと一緒に行くことはできません！」

「同感だ。そなたには背中を預けることは不可能。魔神の討伐には、同行できない」

そう言うと全員、踵を返して元きた道を引き返そうとした。それを、俺は慌てて呼び止める。

「ま、待てよ！　ここまで来ておめおめと逃げ帰るのか!?　そんなことしたら、世間からいい笑いモノになるじゃねぇか！」

「知ったことじゃないわよ！　あんたなんかとこれ以上一緒にいたほうが、よっぽどいい笑いモノになるわ！」

「はぁ!?　なんだよそれ！　俺たち仲間だろ!?」

しかしマルティーナは、仲間という俺の言葉に、目を更に吊り上げて声を荒立てた。

「あんたが仲間!?　冗談じゃないわ！　あんたなんかもう仲間でもなんでもないわよ！　あた

したちへの仕打ちはともかくっ、敵を前にしても戦わず、救うべき人たちの手を掴まないどころか、払い除けるようなあんたは、仲間以前に人間として信用できないわ！」

「うむ。先ほどソフィアが言ったように、ここから先は生きて帰ってこられるかもわからない命懸けの戦場だ。そんな死地に、そなたのような者と共に向かうなど自殺行為でしかない。下手をすれば、魔神や魔物の前にそなたに殺されかねん。そのような無意味な死を迎えるなど、ワシは御免被る」

「わ、わたしは魔法を使う時、どうしたって隙ができます。厳しい戦いになればなるほど、わたしは誰かに頼らなくてはいけません……せ、戦場で誰かを頼ることは、その相手を信頼していなければ難しい……でもアレスさんは、わたしの……わたしたちの信頼を裏切った……もう、一緒に戦うのは、無理です」

仲間であった三人から、口々に「信用できない」と言われ、冷え切った視線を向けられる。

しかし、それでも俺は食い下がった。

「マルティーナ！　お前はこの戦いの功績で王都の騎士団長に任命される約束だっただろうが！　誰がその口添えをしてやったと思ってんだ!?　俺様だろうがよ！　ここで逃げたら、それもパーになるんだぞ!?」

「気安く名前を呼ばないで！　あんたにお膳立てされた騎士団長なんて、死んでもお断りよ！」

マルティーナはそれだけ言うと、そそくさと踵を返し、足を速めて遠ざかっていく。

「ソフィア！　お前だって魔道図書館の司書長になる道が閉ざされるんだぞ！　それでもいいのか⁉　今ならまだまだ間に合うぞ！」

「す、すみません。わたしはもう、あなたと一緒にいたくないんです。それに自分の夢は、自分で叶えます。あなたの力は借りません」

真っ向からの拒絶の言葉を吐き出して、ソフィアはマルティーナの後を追った。

「トウカ！　お前、たしか国の実家を再興したいとか言ってよな！　ここで俺を見捨てて、それが叶うと思ってんのか⁉　考え直せ！　俺様なら簡単に家を復興することができるんだぞ！」

「生憎と、ワシも彼女たちと意見は同じ。そなたの力など借りたくもない。いや、そもそもそなたのような最低な男に、我が家の復興など叶えられるはずもないだろう。それでは達者で。地獄に落ちるがいい」

辛らつな言葉を残して、最後のトウカも俺から遠ざかっていく。

俺は、こちらに一瞥もくれることなく遠ざかっていく三人の背中を、手を上げたままの体勢で見送ったのだった――。

※

「……ふぅ、ようやく全員、パーティーから抜けたか」

三人が去った後、俺はぽつんと荒野の前で取り残されてしまった……

だというのに、俺はこの状況に、心の底から安堵している。

やれやれ、と腰に手を当て、彼女たちが消えた地平の彼方を見送り、小さく苦笑を浮かべる。

「わりぃな……俺はお前らを、最後の戦いには連れて行けねぇよ」

そう。俺はこの瞬間をずっと待っていたのだ。


徹底的なまでに嫌われ者となり、仲間に見捨てられるこの時を――


「どう考えても、魔神との戦いで生きて帰ってこれるとは思えねぇからな」

敵は世界を混沌に陥れようとしている最強最悪の魔神、デミウルゴス。

元々は創造神であったと伝えられているが、何がどうしてか、デミウルゴスは世界中で破壊の限りを尽くそうと、魔物という存在を創造した。

それに対抗する手段として、俺たち人類は女神から【ジョブ】という戦う術を授かったのだ。

ジョブは子供が成人したときに、神託として自然に身につくものである。世界にはあらゆるジョブが存在し、複数のジョブを授かる者も中にはいるとか。

そんな中、俺は最強にして無敵のジョブ、勇者に選ばれた。勇者は一度見た全てのジョブの力を得ることができるという、破格のジョブである。俺が勇者であるとわかったとき、この世界を救う使命を国王より賜った。

そして最初に仲間になったのが、聖騎士のマルティーナだったのだ。彼女は王からの指名で俺の護衛となり、それからしばらくして、賢者のソフィアがパーティーへ加わり、最後にトウ力が俺たちの仲間になったというわけである。

その後、パーティーは勇者の力を育てるために、各所にいる貴重なジョブ持ちのいる町を訪ね、俺という存在を強化していった。


だが、俺はある小さな田舎町で、デミウルゴスという存在について知る機会を得た。


そこで知ったのは、デミウルゴスの簡易的な能力の概要であった。

いわく、デミウルゴスには魔法攻撃が通用せず、物理的なダメージしか受け付けない。

更に、デミウルゴスは戦闘中に、魔物を創造してくるらしい。しかも強さはどんなに低くてもA級以上。一般的に魔物にはその強さによってF～S級までのランクが存在する。A級以上ということは、最低でも飛竜《ワイヴァーン》クラスが出てくるということだ。A級の魔物は、一体で小規模な町程度なら滅ぼしてしまえるだけの力を持っている。討伐するためには、訓練された兵士が五〇人は必要になると言われている。それだけの力を持った魔物を創造してこちらにけしかけて来るのだから、魔神の力が如何に規格外かがわかるというものだ。

そして最後に、デミウルゴスは世界に存在するあらゆる魔法が使えるらしい。そのうちのひとつ、【魔力障壁】という防御魔法が、こちらの魔法攻撃が届かない要因であるという。それを突破するためには相手の魔力切れを狙うか、より強力な魔法で撃ち抜くしかないのだとか。

だが、とてもではないが創造神であったと伝えられているような存在の魔力を枯渇させることは到底不可能なうえ、魔力障壁の強度はどれだけの威力をもってしても突破は困難。唯一の可能性として残されているのは、自爆魔法くらいなのだそうだ。それも超一流の魔法使いが使う、捨て身の一撃でようやく、数秒の間だけ魔力障壁を剥がすことができる。

どんなチートだという話である。

その話を聞いたのは、老獪なじいさんだったが、どうやら過去に一度だけ、デミウルゴスと対峙したことがあるそうだ。そのじいさんの正体まではわからなかったが、俺はその話を信じることにした。

だが、その話を信用した俺は、マルティーナ、ソフィア、トウカの三人を、デミウルゴスとの戦いに参加させることが、できなくなっていた。

結果、話を聞いたその日から、俺の嫌われ者になるための生活が始まったのだ。

彼女たちはいずれも責任感が強く、世界を救うためならばたとえ命に代えてでもデミウルゴスを討とうとする。俺が、デミウルゴスの危険性を訴え、パーティーから外そうとしようとも、きっと抵抗し、俺と共に戦うと言ってくれたであろう。だが、俺は彼女たちの死を受け入れられるほど、覚悟ができていなかった。そして思いついたのが、彼女たちから徹底的に嫌われて、彼女たちの方から離反していくように仕向けることであった。

結果は、先ほどのとおり。計画は無事に成功した。

まぁ、最終決戦の直前までついてこられるというのは、正直予想外であったが。

やっぱり彼女たちは責任感が人一倍強い。俺の嫌がらせにもなかなか屈しなかったのだ。それでも最後には、堪忍袋の緒が切れて、俺から離れていってくれた。

「まったく、いい奴ら過ぎるんだよ、ほんとに」

俺は再び苦笑する。こんなろくでなしに、ここまでついて来てくれた彼女たちを思い、つい、笑みがこぼれる。それでも、彼女たちにはかなり不快な思いをさせてしまったことが、申し訳ない。でも、

「後は任せとけ。俺が必ず、この世界を救ってやらぁ」

もう癖になってしまった少し汚い言葉を吐きながら、俺は背後の荒野に振り返る。

見渡す限り、何もない荒地。まさしく墓地《グレイブ》の名にふさわしい地だ。

「行くか、最後の戦いに」

俺は自分を鼓舞するようにそう言い放つと、荒野の中を歩き始めた。

※

しばらく進むと、空間にぽっかりと口を開けた、次元の裂け目を見つけた。

ここにくるまでに、多少魔物に襲撃されたが、なんとか無傷で倒すことができた。マルティーナ、ソフィア、トウカのジョブが持つ力を借りて、俺は魔物と戦ったのだが、やはりソロでの戦闘はかなり神経を使う。いつも誰かが背中を守ってくれていたが、今は誰もいない。

一抹の寂しさを感じそうになり、俺は慌てて頭を振った。

「弱気になるな。これから、ラスボスを相手にするって時によ」

自分の弱さをここにおいていき、俺は、いざ、次元の裂け目を潜る。

裂け目の向こう側は、まるで神殿のような場所であった。

等間隔に並んだ真っ白な柱。見事な彫刻が壁一面に彫られている。

「ここに、デミウルゴスが」

と、俺がつぶやいた瞬間――


『――誰だ？』


「っ？！！」

不意に、何もない空間から、声が聞こえてきた。

声のした方へ顔を向けると、空中にビキッとヒビ割れが生じて、まるでガラスが砕けるような大音量を上げて、そいつは現れた。

「こいつが、デミウルゴス」

「如何にも。我こそは世界の創造神であり、破壊をもたらす者。デミウルゴスである。人間、我が居所に何の用か？」

俺の目の前に、圧倒的なまでのプレッシャーを放出して出現したのは、見た目が十代後半くらいの少女であった。彼女は、自分の身長よりも長い銀の髪を持ち、無機質な紫水晶《アメジスト》のような神秘的な色の瞳をしている。顔立ちも非常に整っており、幼さと大人びた印象を同居させている。黒を基調とした服を身に纏い、白い肌や銀髪が良く映えている。

それと、彼女の背後には巨大な歯車がいくつも回転し、それを組み合わせてできたゴーレムのような存在が鎮座していた。少女はその中心に腰掛け、悠然と俺を見下ろしてくる。

たったそれだけのことなのに、吐き気を覚えるほどの重圧を感じてしまう。

これが、デミウルゴス。

世界に混沌と破壊をもたらしている、俺たち人類の……いや、全生命の敵か。

正直、この段階から、まったく勝てる気がしねぇ。だが、それでも俺は、前に出る。

「俺は、あんたを倒して、世界を救うためにここへ来た！　さぁ、俺と戦え!!」

「ほぉ……矮小な人の身で、この我と相対そうというのか。それも、たった一人で。無謀を通り越して愚かよの。怒りもわかず、むしろ呆れ果てる」

「はっ、その余裕、いつまで続けられるかな」

「威勢だけはいいな、人間。よい、名を聞いてやろう。すぐに忘れるものだが、ここまできた褒美に、聞いてやろう」

デミウルゴスは感情の読めない瞳で、俺を見つめてくる。

その目で見られるだけで、体が恐怖に震えそうになってしまう。

「俺は、勇者。勇者の、アレス・ブレイブだ！　デミウルゴス、お前を倒す！」

「できるものならやってみるがいい。もっとも、我に触れることができればの話だがな」

やってやるさ。そのために、俺は今日まで旅を続けてきたんだ。

必殺の秘策だって用意している。ただし、その策を使った瞬間、俺はきっと死ぬけどな。

だが、無駄死にはしない。必ず、目の前のこいつを、地獄へ道連れにしてやる！

「行くぞぉ!!」

そうして、世界の命運を賭けた、俺の最終決戦の火蓋が切られた――。

⁜

一方、勇者アレスがデミウルゴスとの戦闘を開始したのと、ほぼ同時刻。

勇者パーティーを抜けたマルティーナ、ソフィア、トウカの三人は、荒野のずっと手前で栄える湖の町、【アクア】の食堂で昼食を取っていた。その表情に、いまだ収まらない憤りを滲ませながら。

「ああ、もう！」

「落ち着けマルティーナ、他の客に迷惑だぞ」

「わかってるわよ！」

「ならもう少し声の音量を下げろ。もうあの男はいないのだ。むしろ清々したと思うべきであろう」

「そうだけどさ。結局あいつ、最後まで謝らなかったじゃない。なんかそれを思い出したら、また腹が立ってきちゃって」

目の前に並んだ鳥の香草焼きへ、乱暴にフォークをぶっ刺し、騎士以前に少女とは思えないほどの大口を開けて肉を頬張るマルティーナ。

そんな彼女に向けて、トウカは「はぁ」と小さくため息を漏らした。

彼女の怒りも理解できるため、これといって咎めたりはしないが、やはり女性たるものもっと淑やかに食事をすべきだろうと、トウカはマルティーナを見つめる。

「で、でも、やっぱりアレスさんは酷い人です。悪いことをしても、全然悪びれた様子を見せないんですよ。わ、わたしも頭にきます」

「ソフィアまで……まぁ二人の気持ちもわからんではないが、もう既にあの男との縁は切れたのだ。これ以上怒りに身を任せても、得なことはない。それより、ここでの食事を楽しもうじゃないか」

「……トウカはなんも感じないの？　あれだけ別れ際に怒ってたくせに」

「無論、あの男に対する怒りはまだワシの中でも燻っている。だが、それを表に出したところで、無駄に腹が減るだけだ。それにもう、あの男のことは考えたくもない」

「……それもそうね」

それっきり、こびりついた汚れのように怒りはいつまでたっても消えてくれる様子はなかったが、いつまでもそればかりではあまりにもどうしようもない。もやもやしたものこそ残りつつ、マルティーナは冷静さを取り戻し、静かに食事を再開した。ソフィアも同様だ。

トウカはそんな二人に目元を緩めて「ふぅ」と安堵のと息を吐き出す。

いつまでもあの最低男のことに気を取られているのは損なことだ。さっさと忘れてしまうに限る。そう。本当は、綺麗さっぱり、アレスのことを忘れ去るはずだった。

あの男が、あんなものさえ残さなければ……

「ん？　ソフィア、なんかあんたの鞄の中、光ってるわよ？」

「え？　あ、本当です。なんでしょうか？」

「確認したほうがよいのではないか」

「わ、わかりました」

賢者である彼女は【異空間収納】の魔法を使うことができるが、戦闘時にいちいち魔法を使ってアイテムを取り出していては隙も生じる。そのため、回復薬などのアイテムは、すぐに取り出せるように鞄の中に入れておいたのだが。

「いったい何なんでしょうか？　…………え？」

「うん？　どうしたのソフィア？」

「え、ええと……なんだか、見慣れないものが入ってまして……これは、手紙？」

「手紙？　誰からなのだ？」

「そ、それが差出人の名前もなくて……」

鞄の中で光を放っていたのは、一通の封筒だった。形状を見るに手紙で間違いない。しかし、こんなものが今まで鞄の中に入っていたなどという記憶は、ソフィアにはなかった。

どうしようかとマルティーナとトウカに目配せする。

「開けてみましょう。それが手っ取り早いわ」

「うむ。もしかしたら忘れていたクエストの依頼書かもしれん。それならば困っている人がいるやもしれんし、確認したほうがよかろう」

「は、はい」

二人の言葉に後押しされて、ソフィアは封筒を開封した。そこに入っていたのは、数枚の便箋。やはり、これは手紙で間違いないようだ。しかし、だとすると誰が……

そう思い、差出人の名前を確認すると、そこに書かれていたのは、

「なっ、この手紙、あいつから!?」

手紙の書き出し部分に、しっかりとこれが誰からの手紙であるかわかるように、名前が書かれていた。しかし、その名前というのが、

「ア、アレスさんからの、手紙です、これ」

「何、アレスだと!?」

トウカもマルティーナも、驚愕に目を見開いた。

つい半日ほど前に別れたばかりである男からの手紙が残されていたと知り、三人はそれぞれに顔を見合せて、困惑した。

しかしマルティーナは真っ先に驚愕から抜け出すと、目をつり上げて鼻を鳴らした。

「あんな奴からの手紙なんて、読む必要なんてないわ！　さっさと燃やしちゃいなさい、そんなもの！」

「え？　で、でも……」

「いいから！」

「あう……」

マルティーナの剣幕に晒されて、萎縮してしまうソフィア。怒りが再燃してしまったマルティーナは、乱暴に食器を持ち上げて、残りの料理を掻きこむ。しかしソフィアは、手紙を持ったままどうしていいかわからず、右往左往していた。

そこに、トウカが助け船を出す。

「そう声を荒げるなマルティーナ。全く読まずに燃やせというのも、些か乱暴すぎる。ひとまず、軽く目を通すくらいはしてもいいのではないか」

「じゃあトウカだけで読めば。あたしは絶対に読まないからね！」

ふて腐れたようにテーブルの料理を口に運ぶマルティーナに、トウカはやれやれと嘆息する。しかし、今さらあの男が何を書いて寄越すというのか。トウカは疑心を抱きつつも、ソフィアの背後に回って、手紙に目を通した。それに安堵したのか、ソフィアも一緒になって手紙の文字を追いかける。

手紙は、こういう出だしで始まっていた。


『よぉ。俺の愛すべき仲間ども、アレスだ。元気してっか』

一見すればふざけた書き出し。すぐにでも読むのをやめてしまいたい衝動をこらえて、トウカとソフィアは手紙の文字を目でなぞっていく。

「なっ!?」

「ト、トウカさん、これ……これって」

手紙を読み進めていくうちに、トウカとソフィアの表情が、困惑、驚愕、そして蒼白になっていく。それを目にしたマルティーナは手紙の内容が気になり始めるも「絶対に読まない」と言った手前、読ませてくれとは言えずにいた。

だが、手紙を一通り読み終えたトウカとソフィアはそっと便箋をマルティーナに差し出し、言外に読めと訴えてくる。

「な、何よ。あたしは読まないって言わなかったっけ」

「マルティーナ。黙ってこれを読むんだ」

「い、嫌よ」

「マ、マルティーナさん、よ、読んで下さい……」

「だから、嫌だってば！」

駄々をこねる子供のように、決して手紙を読もうとはしないマルティーナ。

そもそも、トウカもソフィアも、なんであんな最低野郎の手紙なんて読ませようとするのか、マルティーナには理解できなかった。とはいえ、手紙の内容がまったく気にならないわけでもなかったが。それでも、アレスの手紙を読んでやろうという気にはなれなかった。

しかし、一向に手紙を手にしないマルティーナに、ついにトウカが業を煮やし、

「――いいから読め!!」

「っ!?」

食堂全体に響くような怒声を上げた。

今まで彼女から聞いたこともないような大声を聞いたマルティーナは、体をびくりと反応させる。声の主を訝しむような目で睨みつけるも、トウカは真剣な表情を向けてくるだけで、引き下がるつもりはないという意思が感じられた。

「わ、わかったわよ！　読めばいいでしょ、読めば！　もう、なんであたしがあいつなんかの手紙を……」

ぶつぶつと文句を言いながらも、押し負けたマルティーナは、手紙をひったくる様に手元へ寄せると、渋々内容を確認していった。出だしのふざけた一行に、破り捨てたい衝動をかられるも、それを必死に押し殺して、手紙を読んでいく。すると、マルティーナの手が、小さく震えだした。

「な、何よ、これ……何よ、何よ、何よ…………何なのよっ、これ……っ!?」

『よぉ、俺の愛すべき仲間ども、アレスだ。元気にしてっか。

この手紙は、俺のマナが消えたときに、ソフィアの鞄で見付かるように細工しておいた。

俺からの手紙ってことで、きっと今すぐ破り捨てたい気持ちだろうが、堪えて読んでくれや。

そのあとにいくら破ってくれても構わないからよ。

ただし、同封した紙の方は、絶対に破くんじゃねぇぞ。絶対だかんな。

さて、書きたいことは色々とあるんだが、取り敢えずはこっからだな。

今まで、俺みたいなロクデナシに付き合ってくれて、ありがとうな。滅茶苦茶感謝してる』

「っ！」

そこまで読み進めた瞬間、マルティーナは一瞬、呼吸を忘れた。

更に先を読んでいくと、そこには今までの非礼に対する謝罪文がびっしりと書かれており、何故そのようなことをしたのかという理由が、簡潔に書かれていた。それと、マルティーナ、ソフィア、トウカそれぞれに向けた、感謝の言葉も、謝罪と同じくらいに、びっしりと行を埋め尽くしていた。


『今更こんな言葉を送ったところで、信じちゃくれないかもしれない。

本当は、用件だけ書いて終わりにして、こんな手紙は残さなかった方がよかったんじゃないかとすら思っている。

でもやっぱり、言葉で伝えられない分、こっちに書いちまってた。許してくれ。

それと、同封してある紙は、マルティーナが王都の騎士団長に、そしてソフィアが魔道図書館の司書長になるために必要な、俺からの推薦状だ。王様に頼んで、王印も押してもらってある。それに世界を救ったっていう功績もあれば、間違いなく騎士団長にも司書長にもなれるだろう。

それとトウカには、俺の個人でお前の銀行口座を作っておいた。王からもらった旅の出立金だが、お前に全部やる。それを使えば、実家を再興するのに多少の足しにはなるはずだ。それと、王から世界を救った暁には、援助金を出してもらえるように頼んでおいた。きっと力になってくれる。まぁ、世界を救った英雄一行の一人だった、って箔があれば、再興は問題ないだろう。頑張れよ。

あ、それとパーティーから持ち出した金は全部俺の口座に入ったままだ。賭け事にも女にも使ってねぇから、旅で稼いだ金はほぼ残ってる。好きに分配して使ってくれ。まぁ、できればトウカに多めに分けてくれると俺としては嬉しい。勝手に持ち出して、苦しい旅をさせて悪かった。

最後に、お前らと旅をできたこと、俺は誇りに思ってる。

お前らと一緒じゃなかったら、きっと俺は最後の戦いに望めていなかっただろうからな。

だから、すっげぇ感謝してる。

今まで、ありがとうな。

それじゃ、元気で暮らせよ。じゃあな。

最低最悪のアレスより』

そこで、手紙は終わっていた。

マルティーナは、封筒の中に入っていた二通の紙と、一枚のメモを取り出した。

紙のほうは、手紙にもあった、マルティーナを騎士団長に、そしてソフィアを魔道図書館の司書長として推す推薦状で間違いなかった。賢者であるソフィアの見立てでも、王印から感じるマナは、間違いなく本物であるという。そしてメモには、トウカのために用意された口座とアレスの口座、二つの暗証番号が記入されていた。

「何よ、これ……あたしたちを巻き込みたくないから、一人でデミウルゴスに挑むって……そのために、あたしたちから嫌われるって……馬鹿なんじゃないの」

「マ、マルティーナ、さん、あの」

ソフィアが、マルティーナの俯いた様子を心配し、声を掛けようとしたが。

ガバッとマルティーナは勢いよく顔を上げた。

「つ！　こうしちゃいられないわ！」

と、マルティーナは手紙をぐしゃっと握り締めて、食堂から出ようとする。

先ほどから騒ぐ三人に対し、食堂のおかみや他の客たちが迷惑そうに顔を歪めているが、今のマルティーナたちに、それを気にしている余裕はなかった。

「ぬっ？　マルティーナよ、どこに行く気だ！」

「決まってるじゃない！　あいつのところよ！　こんな手紙なんか寄越して、どういうつもりなのか問い質さなきゃ気が済まないわ！」

そう言って、食堂を出ようとするマルティーナだったが、不意にソフィアが言葉を漏らした。

「も、もう、遅いです、マルティーナさん……手紙、ちゃんと読んだんですか？」

「読んだわよ！　だからこうして！」

「なら！　もう彼が『死んじゃった』んだってことくらいわかるじゃないですか!!」

「っ!?」

ソフィアが、珍しく大声を上げる。

周囲の客から、さらに刺さるような視線が送られてくるが、気になどしていられなかった。

「この手紙、封筒に魔法がかけられていました……よく、遺言書なんかを送る際に使う、魔法です」

自身の魔力を封筒に込めて、不可視の状態にする魔法。これは、遺言の魔法と呼ばれ、魔法をかけた本人のマナが消滅した際に、見えるようにするものだ。しかも、よほど熟練の魔法使いでも、この手紙の存在を認識するのは難しく、隠している最中は、たいていの場合は見つかることがない。

「手紙に魔法が掛けられてて、かつそれがわたしたちに見えるようになったってことは……アレスさんは、もう……」

マナの消滅……それが意味するところなど、この世界では一つしか存在しない。

それは、術者の死に、他ならないのだ。

「嘘よ……嘘よ嘘よ嘘よ！　あいつはこんな殊勝なことができる奴じゃないわ！　きっとこの手紙だって、なんかの悪戯なのよ！　きっと、隠れてこっそりと、どこかであたしたちの反応を見て、笑ってるに違いないわ！　そうよ、そうに決まってるわよ！　捜し出して、ぶん殴ってやるんだから！」

「マルティーナ……もう、それくらいにしろ。あの者は既に……」

「そんなはずないわ！　あいつは最低野郎で、こんな手紙を書くような奴じゃなくて、それで……それで……」

マルティーナは、出会ったばかりの頃の、アレスの姿を思い出す。

彼は、王から使命を託され、それを遂行しようと燃えてるような、真っ直ぐな男だった。それがいつの頃からか、傲慢な態度をとり、金遣いが荒くなって、酒びたりで、喧嘩っ早いどうしようもない奴になっていった。しかし、今にして思えば、その変化はあまりにも急激で、どこかわざとらしかったのではないか。初めて出会った彼と、これまでの彼の印象が、そもそも噛み合わない。

それは全て、彼が演技をしていたから？

自分たちを、最後の戦いから……死という結末から遠ざけるために、嫌われ者を演じていたというのか。

「つ……荒野まで、戻るわよ」

「マルティーナ、お主」

「マルティーナさん」

「あいつの死体をこの目で見るまで、絶対に手紙のこと、信用なんかしてやらないんだから」

その一言を最後に、マルティーナたちは食堂を後にし、【グレイブ荒野】までの道のりを、全力で戻った。

⁜

そして、荒野に到着した一行は、次元の裂け目があると言われている、中心地を目指す。

吹きすさむ砂嵐に視界を奪われながらも、なんとか目的地らしきを場所を見つけた。

しかしそこには、次元の裂け目は存在しておらず、かわりに、

「嘘……何よ、これ」

そこで三人が見たものは、地面を深く抉る、クレーターであった。

その様相は、まるで爆心地。ここで、何か大きな爆発があったことを、物語っている。その証拠に、いまだに燻る小さな火が、所々で見受けられるうえに、強烈な熱も放出されていた。

そして、その爆発の跡地に、あるものが残されていた。

「あ、ああ……そんな……あれって」

マルティーナの声が、震える。

ソフィアも口に手を当て、トウカは目を瞑って顔を逸らした。

彼女たちの視線の先、そこに残っていたのは、紛れもなく勇者アレスが愛用していた……

一振りの剣であった。

「いや……いや……――いやああああああああああ――っ!!」

無人の荒野に、マルティーナの叫びが響き渡る。

膝から崩れ落ちて、両手で顔を覆った。

その後ろでは、ソフィアが呆然とした様子で立ち尽くし、トウカはせり出した岩に向かって、拳を何度も打ち付けていた。

⁜

今日、この日。

世界から魔神デミウルゴスの脅威は去った。

一人の勇者の、命をかけた戦いの末に、世界は平和を取り戻したのである。

その事実が世に知れ渡るのは、この先、しばらく後のことであった。

二章　昨日の敵は今日の妻!?

「ん……ん～……あ、れ……？」

ふと、目が覚めた。

意識がまどろんだまま、俺は思考をかき集める。

確か、俺は……そうだ。デミウルゴスと、最後の決戦に挑んで、それから……それから、どうなったんだっけ？　記憶がおぼろげで、はっきりしない。しかし、それも時間の経過と共に、徐々に思い出してくる。

ああ、そうだ。俺はあの戦いで、

「死んだんだ……」

ということは、ここは死後の世界ということであろうか。

まだ視界がぼやけているせいで、よく見えない。体も、うまく動かせなかった。

いや、そもそも、もう死んでるんだから、体だってないんじゃないのか。でも、手足の感覚は、ある。まるで痺れているかのように動かせないが、しっかりと、感触はあるのだ。それと、なにか、妙に温かい。

だが、それがなんなのか確認するよりも先に、体がまだ眠気を訴えてくる。

「まぁ、もう少しだけ寝てても、いいよな」

だって、もう戦いは、終わったのだから。

俺の役目は、世界中を脅かすデミウルゴスを倒すこと。それを成した今、多少はのんびりとしたって許されるだろう。というか許してほしい。最後は仲間からこっぴどく嫌われて、後味の悪い別れ方をしたのだ。自業自得ではあるが、俺だって精神的にクルものがなかったわけじゃないのだ。

しかも、そのまま死んじまったわけだし。少しくらいは、そんな心を癒す時間を貰ったっていいじゃないか……

俺は、重責から解き放たれた安堵と、小さな胸の痛み、そして……半身を包み込む、心地よい温もりを肌に感じながら、再び意識を手放した。

※

それから、どれくらいの時間が過ぎたのだろうか。

またしても、俺は目を覚ました。

「んん～……」

そして今度は、わりと意識がはっきりとしている。

先ほどまでの手足を全く動かせない感じはほとんどしないし、視界もクリアだ。

そんな俺の目に飛び込んできたのは、

「何処だ、ここ……？」

上を向いたまま横になっている俺の視界には、緑の葉を茂らせた木々が映りこんでいた。

「でっけぇ……」

木は天を突くほどに巨大であり、先端が見えない。枝に遮られた空の色は、冴え渡る青。つまり、今は昼間ということだ。

鼻腔をくすぐる濃い緑の匂い、肌をそっと撫でる柔草の感触が、少しくすぐったく感じる。

木々の枝には小さな鳥が止まり、太い幹を小動物が駆け上る。まるで、かつてマルティーナたちと冒険した、深い森の中のような光景……俺は、柔らかく差し込む日の光に、目を細めた。

「ここが、あの世ってやつなんかねぇ」

想像していたのとは、ちょっとどころか、かなり違った。もっとこう、神々しい光に満ち溢れた白い世界とか、おどろおどろしい赤黒い闇の世界を想像していた。しかし、現実を知ってみれば、あの世とは森のような光景だったらしい。

「ソフィアとかトウカが、好きそうな場所だな」

なんて感想が、口から漏れる。あの二人は、静かな場所が好きだったから。反対に、マルティーナは街とかの賑やかな空間が好きだった。

しかしもう、あの三人には会えない。

俺が、死んでしまったから。

「はは、今更寂しくなってきてやんの、俺」

途中からは、あいつらから嫌われるように仕向けていたため、旅は最悪の空気になっていた。

それでも、途中まではわいわいと賑やかで、楽しいパーティーだったのだ。

「あいつら、元気にしてっかな……」

残してきてしまった三人の顔を思い出す。

俺はできるだけの遺産を残してきたつもりだが、あとのことはあいつら次第だ。だが、あいつらならきっとうまく生きていけると、俺は信じている。

「ていうか、死んじまった俺が心配しても仕方ねぇか、はは」

つい、乾いた笑いを漏らしてしまう。

今更ながら、まだまだ色々とやっておきたかったな、と後悔してしまう。

特に、誰かと恋人になって、楽しい時間を共有して、最後には体を重ねてみたりなんか……

ああ、そういえば俺、童貞のままで死んだのか。やるせねぇなぁ……とはいえ、こんなことを考えたところで、意味なんてないんだけどな。我ながら、未練ったらしいったらありゃしない。

「つうか、さっきから体の右側が重いというか、温かいっつうか……」

なんだ？　それに、ちょっと痺れた感覚もある。変な体勢で寝てしまって、腕を下敷きにしたときのような痺れだ。

気になったので首を動かして、顔を向けてみる。

すると、そこには、

「は……？」

「すぅ、すぅ、すぅ……」

寝息を立てる、美しい銀髪の少女がいた。

しかも、裸だ。

なんで？　え？　というか裸って……え、ええ……ええええええ〜〜〜っっ⁉

なんだこの状況⁉　俺ってば、なんで素っ裸の女の子と一緒に寝てんの⁉　なぜっ？！！

いや、ていうかこいつ、よく見ると見覚えがあるような……

う〜ん、どこかで、どこか……どこ……………………あ……ああああ〜〜っっ！

こ、ここここ、こいつ、こいつはっ！

「はああああああああ――っっ？！！」

「う……ん〜、なんじゃ、騒々しいのう……」

「お、おお、おまっ、お前！」

「む？　おお、起きたのか主よ。随分と長いこと寝ておったの」

ゆっくりと体を起こした少女。するりと体を流れるようにして滑り墜ちる銀髪。陶器のごとく滑らかな白い肌。程よく隆起した胸に、頂点で色付く桜蕾。くびれた腰に、健康的なお尻。

そして、可愛いとも、綺麗とも形容できる神秘的な面差し。

見間違えようはずはない、この少女は……！

体から重みが消え、俺も勢いよく体を起こした。

警戒心を露にして、眼前の少女を見据える。

「ふむ、寝起きのわりには素早い動きじゃな、主《ぬし》よ」

そう言いながら、彼女は耳に掛かった髪を掻き揚げ、口元に手を当てて「ふぁ〜」などと欠伸をしてみせた。涙の滲む瞳は、紫水晶《アメジスト》のような神秘的な色で輝き、流れるような銀髪が地面で無造作に広がっている。

「なぜ……なぜお前がここにいる、『デミウルゴス』!!」

そう。今、俺の目の前にいるのは、俺が命を賭けて倒したはずの相手……魔神デミウルゴスであった。

しかも、服を一切身に着けていない、素っ裸だ！

というか、俺も何も着てねぇし！

「なんで、と言われてものう」

こてんと首を傾げるデミウルゴス。

意外と仕草は可愛いんだな……じゃなくて！

「俺とお前は死んだはずじゃ!?　はっ！　だから一緒にいるわけか!?」

そ、そうか。ここはもう死後の世界だ。俺と一緒にいるのも、きっとあの時二人同時に死んだからに違いない。

「ぬ、死んだだと？　何を戯けたことを言っておる。主と我はまだ死んではおらぬ。まぁ、死にかけはしたがな」

「なっ!?」

嘘だろ？　俺はあの戦いで、自分の命と引き換えにデミウルゴスを倒したんじゃないのか!?

「ふむ。記憶がなくなっておるのか？　なんともまた、我が『旦那様』は随分と頭がもろいの

じゃな」

うん？　今こいつ、何て言った？

「は？　旦那様？　誰が？」

「ん……」

と、デミウルゴスは人差し指を真っ直ぐに伸ばしてくる。

その先にいるのは、紛れもなく俺で。思わず後ろを振り返るも、そこには誰もおらず。

「主じゃ、主。まったく、『伴侶《はんりょ》となった』我のことを忘れるとは、なんという男であろうか」

は？　伴侶？　え、いや、えっ!?

「はああああああああああああ——————っっ？！！！」

本日二度目の「はぁ!?」である。さっきよりも長かった。

「は、伴侶っておまっ、な、ななな、何がどうなってやがる!?」

「騒がしい男じゃのう。もう少し静かにできんのか？」

「いや無理だろ!?」

倒したと思っていたデミウルゴスは、実はまだ倒せてなくて。しかも殺し合いを演じた相手からはいきなり『旦那様』だの『伴侶』だのと言われたのだ。

頭が混乱するのも仕方ないと言うものである。しかもっ、

「と、というかなんでお前は服を着てないんだよ!?」

その言葉が俺へのブーメランになることはわかっていたが、突っ込まざるを得なかった。

だって、裸だぞ！　裸！

「む？　必要か？　どうせ今ここには主と我しかおらぬ。敵もいない場所で、体を守る服が必要なのか？」

「必要だろうがよ、常識的に考えて！」

「人間の常識など知らぬ」

「そうだろうけどさ！」

あかん。ここまで服に関する意識に隔たりがあるとは。

デミウルゴスは首を横に傾けるだけで、こいつ何言ってんの？　って顔をする。いやもう、まったく全然、体を隠そうともしない。非常に堂々としていらっしゃる。裸のくせに。

「いや、というかお前もだが、なんで俺まで裸なんだ？　服はどこ行ったんだよ……？」

「それはあれだ。主が最後に見せたあの一撃で、我らの服を消し飛ばしたではないか」

「消し飛ばした……」

「主が最後に放った【自爆魔法】により、我らの服は消し飛び、我と主は瀕死の状態にまで追い込まれたのだ……そしてその後に、主は…………本当に、何も覚えておらぬのか？」

「い、いや。お前と戦ったことは覚えてる。でも、自爆魔法を使った後の記憶は、正直、全然だ」

「そうか……覚えてはおらぬのだな。あの時のこと、何も……」

ふいに、デミウルゴスが寂しそうな表情を見せる。とたん、俺の胸に罪悪感が押し寄せてくる。な、なんか、俺がとてつもなく悪いことをしてしまった気分だ。

だが、どんなに思い出そうとしても、俺は最後の瞬間を思い出すことはできなかった。

「主が、我に『求愛』してくれた記憶だというのに……そうか、忘れてしまったのだな」

はい!? きゅ、求愛、だと!? 誰が? 誰に!? ま、まさか、俺!? 俺が、まさかデミウルゴスに、愛の告白をしたってのか!?

ま、まずい……これはいよいよ、本気で自爆後の記憶を思い出さねぇと!

「まぁよい。記憶はいずれ思い出すじゃろうて。それよりも、我と主は夫婦になったのだ。であれば、やることはひとつじゃ」

「は?」

戦いの後の記憶を、必死に思い出そうと頭を捻っていた俺に、デミウルゴスがすすっと近づいてきて、妖しい笑みを浮かべた。そして、俺の体にぴったりと、自身の体をこすりつけるようにして、潤んだ瞳で俺を見上げてくる。

「ちょ!?」

とたん、俺の心臓が跳ねて、体が硬直してしまう。

な、なんだ!? こいつは急に、何をしようってんだ!?

「さぁ主よ。妻である我と共に、愛を目一杯に育もうではないか」

なっ!? な、な、な――なにいいいいいいいいい――っ!?

「ふふふ……」

デミウルゴスは頬を染めて、そっと自分の胸に、俺の手を引き寄せた。

「ま、待て待て待てっ！」

しなだれ掛かってくるデミウルゴスの肩を掴んで引き剥がす。

マズイ、マズイ、マズイ！　このままいくと、雰囲気に流されてデミウルゴスと繋がることになっちまう。

どうも俺（？）がデミウルゴスに愛の告白とやらをしたような話になっているが、全く記憶がない。もしかしたら無くした記憶の俺は、デミウルゴスに何かしら恋慕の情を抱くような何かがあったのかもしれないが、今の俺にはこいつに対する恋心なんてない。

いや、確かに彼女は可愛い。美人だ。それはもう間違いない。仮に流された結果エッチなことになったって、お釣りがくるほどに幸福なことだろう。

いやいや待て俺！　そもそも前提として相手は俺たち人間にとって最大の敵、デミウルゴスだぞ!?　切った張ったを演じた俺たちが、今は惚れた腫れたの話をしてるって何の冗談だ!?

しかし今の彼女からは以前に感じた強烈な敵意は感じられない。だが、それにしたってこれは絶対に何かが違う！

デミウルゴスは俺を旦那様などと呼び、自分のことを妻だと言った。彼女の言葉をそのまま受け取るのなら、目の前の女性は俺に好意を寄せてくれている、ということになる。

しかし額面どおりにその言葉を受け入れるのは難しい。どうしてもその裏を疑ってしまう。だとしたら、その目的はなんだ？

くそっ、分からん！　俺にはデミウルゴスの言動が全然理解できん！

いや、しかしだ。彼女ほど強力な存在が、俺を篭絡させるために嘘をでっち上げているとも思えない。

だとすれば、本当に彼女は俺のことを……？　だが、仮に彼女の想いや言葉が本当だったとしても、今の俺には、その気持ちに対して戸惑いの感情のほうが強く、素直に受け入れる態勢ができていない。

こんな状態で、ただ流されて彼女と繋がってしまうのは、なんというか、間違っている気がする。こういう行為っていうのは、もっとこう、お互いがお互いを好き合っているからするものであって、ただなし崩し的にするものじゃないと思うんだ。

だから、

「き、気持ちは嬉しいが、俺とお前は、まだ知り合ったばかりだろ？　その、こういうことはもっと、こう……時間をかけてお互いのことをじっくりと知ってからだな」

と口にすると、彼女はむっとした表情を浮かべた。

「なんじゃ今さら、主から我に求愛してきたくせに。それに時間なら、もう十分に経っておる。なにせ旦那様が我に告白してから、二年ほど既に経っているのだからな」

「はっ!?　に、二年っ!?」

二年ってどういうことだ？　俺、あの戦いからずっと寝てたのか!?

もしかして俺、デミウルゴスに色々と変なことされたりとか、してないよな？　そもそも、そんだけ寝てたら筋力とかゲキ落ちして体なんて動かせるか？

俺は試しに、手を握って力を入れてみる。握力は問題ない。次いで、関節の曲げ伸ばしも試してみたが、多少パキポキと音が鳴る程度で、そこまで硬くなっているような印象はなかった。

俺は思わず首を捻った。デミウルゴスの言うことが本当なら、なんで二年もの間ずっと寝ていて、普通に生きてんだ？　それ以前に、二年も俺はデミウルゴスと一緒にいたってことだよな……命を賭けた殺し合いをした相手と、二年も……やばいんじゃね？

「ずっと目を覚まさぬ主を、献身的に介護し、それでも己の欲求を抑えて我慢した日々は、本当に長かった。旦那様が起きるのを、我はずっと待っておったのだぞ」

あ、とりあえず何もされてなかったようである。そこは一安心。

俺は自分の体に視線を落とす。二年間も裸で寝ていたわりには、肌に汚れはほとんど付いておらず、不快な臭いもしてこない。二年も寝たきりになっていたはずの体が自然に動いてくれたのは、彼女が関節を常にほぐし続けてくれたからか。

だとすれば、俺を介護していたという彼女の言葉は、本当のことなのかもしれない。

にしても、欲求を我慢って表現が、妙に生々しい感じがするんだが。

「……じゃというのに、ようやく目を覚ましたかと思えば、我への告白も覚えておらぬというではないか。その上、主は我とのまぐわいまで拒否するというのか？」

「う……」

デミウルゴスから浴びせられる非難の視線に、俺は思わずたじろぐ。そんな俺に、デミウルゴスは口を尖らせ、再び体を密着させてくる。

ってていうか、こいつってこんなキャラだったか？　戦ったときは、もっとこう……厳かというか、ミステリアスというか……とにかく、こんな感情溢れる性格ではなかったと思ったのだが。いや、ていうかくっつきすぎだ！

俺は自分が置かれた状況を何とか整理しようとしているのに、デミウルゴスがやたらと体を密着させてくるせいで、思考が掻き乱されて集中できん！　なんというか、柔らかいあれやこれやが俺の体に当たって、ひどく落ち着かない気分にさせられる。もう心臓が爆発しそうだ。

「我は、これまでずっと一人であった……ずっとずっと、一人で世界を見ておった。そんな我に、主は共にいようと言ってくれた。とても、嬉しかったのだ……なのに、今の主は我を受け入れてはくれぬのだな……」

「うぅ……」

えぇ～……

いや、お前、本当に『あの』デミウルゴスだよな？　この世界を滅ぼそうとした『最強最悪の魔神』なんだよな？

なんでそんな悲しそうな顔をするんだよ。

やめてくれよ。

そんな見た目どおりの女の子な顔をしないでくれ。

俺の精神が、罪悪感という名の刃でズタズタになっちまうだろうが。

今のデミウルゴスは、俺を本気で殺そうとしてきた時の彼女と同一人物にはとても見えなかった。俺は思わず、こんな少女を手に掛けようとしたのかと胸の辺りが苦しくなってしまう。それほどまでに、俺の目の前にいる彼女は、『ただの女の子』のようにしか見えなかった。

「主よ、本当に、我と交わってはくれぬのか？　我では、魅力が足りないか？」

「うぅぅぅ～……」

下から見上げてくる潤んだ瞳。しっとりと瑞々しい唇。高潮した頬。体に伝わってくる彼女の温もり、柔らかさ……そのいずれもが、俺には必殺の威力を秘めた精神攻撃であった。

「のう、主よ」

「っ……」

くっ……彼女は俺たち人間にとって最大の敵……だというのに、彼女の口から漏れる甘えた声に脳が痺れてしまう。

行くべきか？　行くべきなのか!?　ここで俺は、男になるべきなのか!?

デミウルゴスは、俺が目覚めるのをずっと待ってくれていたらしい。更には俺に対して好意まで寄せ、共に愛を育もうと迫ってきている。女性にここまでされているんだぞ、勇者アレス。なら、どうする？　お前は、どうするんだ!?　俺は、どうするべきなんだ!?

「くっ……デ、デミウルゴス」

「うむ、なんじゃ、旦那様よ……」

「デミウルゴス！」

「ひゃっ」

俺はデミウルゴスの肩を掴み、彼女の瞳をじっと見据えた。

しかし今の悲鳴、ちょっと可愛かったな。って、今はそれどころじゃない！

「おお、主よ。ようやく我の想いに応えてくれる気になったのじゃな。うむ、多少焦らされはしたが、それもまた一興。さぁ、来ておくれ。共に、深く交わろうではないか」

より密着度を上げてくるデミウルゴス。そんな彼女の行動に、俺の心臓はもう臨界点を超えてしまいそうだ。

しかし俺は、荒ぶる本能をギリギリのところで抑え付けて、彼女に問いかける。

「デ、デミウルゴス……聞きたいことがある」

「なんじゃ、旦那様よ？」

「もうお前は、世界を滅ぼそうとは、思ってないのか？」

「……『そこも』忘れておるのか……安心せよ。我は最初から、『世界を滅ぼすつもりなどなかった』のじゃ」

「え？」

デミウルゴスの言葉に、俺は呆けたような声を出してしまう。彼女は、世界を滅ぼそうとしていたんじゃないのか？　だとしたら、なぜデミウルゴスはあんなことを？

「まぁ、人間を滅ぼそうとしておったのは事実じゃ。じゃが、『今はその必要がなくなった』。故に、これ以上の殺戮をしようとは思っておらぬ。それに、旦那様が悲しむようなことを、我もしたくはないからのう」

「その言葉を、俺は信じてもいいのか？」

「それは、旦那様が決めることじゃ。我を信じるのか、信じないのか」

目を逸らさず、真っ直ぐにこちらの瞳を見つめてくるデミウルゴス。自分を信じるのかどうか。その選択を託した彼女の言葉に、俺は……

「……わかった。お前を信じる」

そう、答えた。

するとデミウルゴスは、目許を緩めて「感謝するのじゃ、旦那様」と、心臓が震えるほどに魅力的な笑みを見せた。

デミウルゴスからは、俺をたばかろうとするような気配は感じられない。あくまでも俺の勘だが、デミウルゴスは嘘を吐いてはいないと思う。いや、これが俺の油断を誘おうとする演技でない保証はない。だが、それでも俺は、自分の直感を信じてみることにした……否、信じたかったのだ。

俺だって、できることなら相手を倒すことなんてしたくない。

もちろん、必要であれば剣を取ることを躊躇ったりはしない。それでも、その必要がないのなら、それに越したことはないじゃないか。

だがそれは、俺を好きだと言った彼女の言葉も、同時に信じるということだ。

ならば、俺のとるべき行動は……

「っ……デ、デミウルゴス……っ！」

「だ、旦那様？　ひうっ！」

俺はデミウルゴスの肩を掴んだ手に、ほんの少し力を入れる。瞬間、デミウルゴスの体が小さく震えた。バラ色に染まる頬と、濡れた彼女の瞳に、俺はゴクリと生唾を飲み込んで怯みそうになってしまう。

だが、逃げるな俺。

迎え撃て、敵に背中を見せるな、弱気になるな！

行けっ、行くんだっ!!

俺は後ろにのけぞりそうになる心を奮い立たせ、デミウルゴスの視線を受け止めた。

「ああ、その熱い視線、ゾクゾクしてしまうぞ……さぁ旦那様よ、主は一体どのようにして我を求めて……うむっ!?」

デミウルゴスの視線が一瞬だけ外れた隙に、俺は彼女の唇に、自分の唇を重ねた。しっとりとした柔らかい感触が、唇に触れる。

これが、デミウルゴスの……いや、女の子の唇……

初めてのキス。

それだけで、ドクドクと血流が早くなり、心臓の鼓動が限界まで早鐘を打つ。

どれだけ、唇を重ねていただろうか。

俺はぎゅっと目を瞑っているので、デミウルゴスが今、どんな顔をしているのかわからない。

　だが、突き飛ばされないということは、受け入れられているということで、いいのだろう。

　俺は、おそるおそる目を開けて、相手を見る。

　そこには、とても幸せそうに表情を緩めた、かつての敵の姿あった。

「っ！」

　俺は急に気恥ずかしくなり、唇を離し、ついで密着している彼女からも一気に距離を取った。

「こ、これで許してくれ！　今の俺には、これが限界だ！」

　ああ、今の俺はきっと、耳まで真っ赤に違いない。顔は燃えているのかと錯覚しそうなほど熱く、心臓も皮膚を破って外に飛び出してきそうだ。正直、デミウルゴスの顔を、まともに見ることだってできない。

「旦那様、これは……」

「俺は、『まだ』お前とっ、そういうことはできない！　お前のことが好きなのかどうか、今の俺にはわからないんだ！　その、相手を好きになるってことが、俺にはまだよくわからない。いや、別にお前が嫌いとかそういうことじゃないんだ。いや、確かにお前は敵だったかもしれないが、今は違う！　というかっ、そもそも嫌いだったらキスなんてしない！　お前みたいな美人で可愛い女の子から求められて、嬉しくないわけがないし……でも、お前と『そういうこと』をする関係になるってことは、また別の話で……だから、もう少しだけ待ってくれ！　ちゃんと、自分の気持ちに整理を付けて、お前の想いに対する答えを、ちゃんと出すから！　だから、それまでは！」

と、デミウルゴスに顔を背けて、まくし立てるように言い訳じみたことを口にする。

彼女にキスまでしておいて、何を言ってるんだ、と俺自身思う。

正直、自分が情けなくて、死にたい気分だ。だが、これが今の俺の素直な気持ちなのだ。

誰かと体で繋がるということは、心まで繋がることだと俺は思っている。ゆえに、ただ一方通行な想いだけで、そういうことはしてはいけないんだと、我ながら青臭い貞操観念を持っていると思う。だが、こればっかりはどうしようもない。

しかし、俺が自分の不甲斐なさに俯いていると、ふと後ろから、誰かが俺に抱き着いてきた。

いや、この場所にいる誰かなんて、一人しかいない。

「ふむ、あそこまで我に言わせて、キスで終わりとはな……」

「うぐっ！」

で、ですよねぇ……

どう考えても、俺の言葉はただの先延ばしだ。デミウルゴスが怒るのも、無理はな……

「だがまぁ……我も性急過ぎた。主は起きたばかり。我との記憶もおぼろげになっている中、無理に迫って嫌われたのでは、我も辛い……」

「デ、デミウルゴス、俺は……」

「よい、答えを出してくれると、約束してくれたしの。ゆえに、我ももう少しだけ待ってやろう。余裕のある女でこそ、よき妻であれるというものであろう。ただし、そう長くは待てぬぞ。何せ、もう二年も、待たされておるのだからな」

「わ、わかった。すまない」

「ふふ……それにしても、必死な顔でキスをする主は、なんというか、とても可愛かったぞ。もしや旦那様は、女性とこういう経験をするのは初めてなのかの？　もしや、童貞なのかの？」

「っ？！！」

こ、こここ、こいつはっ、な、なな、なにを急に！

背中に当たっている女の子の柔らかさも手伝い、俺の動悸がまたしても速くなってしまった。ていうか、押し付けるな！　心臓に悪いんだよ本当に！

「くす……その反応、図星であるな。ますます可愛いではないか」

ほっといてくれ！　ああそうだよ！　俺は生まれてこの方、女性とお付き合いなんてしたことのない、正真正銘の童貞野郎だよ悪いかこら！

「ま、我も誰かと繋がった経験なぞないがな」

いやねぇのかよ！　よくそれでそんな上から目線な態度が取れるな！　というか、お前こそ処女じゃねぇか！

「くす……勇者が童貞か……ほんに、可愛いのう」

「〜〜〜〜……っ！」

俺はただ俯くことしかできず、ただただ羞恥に顔を熱くしていた。

「ふふ……旦那様が一秒でも早く答えを出せるように、もっともっと我のことをアピールしてやるからの。いずれ、主から我を求めるまでに篭絡してやるのじゃ。覚悟しておくことじゃの、初心で可愛い旦那様」

「うぅ……」

どうも俺は、デミウルゴスに遊ばれている感じだ。今から尻に敷かれていては、この先いったい、どうなることやら。

これからの先行きが不安で、胃が痛くなってきたぞ……

追憶１　デミウルゴス

俺は夢を見ている。

何故それが夢だとわかるのか……それは、俺が今見ている光景が、俺自身が経験した過去の出来事だからだ。

当時を追体験するかのように流れる映像は、まさしく俺の記憶そのもの。

俺が見ている記憶《ゆめ》……それは、デミウルゴスとの命を賭けた激闘であった。

※

——俺は苛立った。

伝え聞いていたとおり、本当に魔法攻撃が一切通用しなかったからだ。炎の矢も、風の刃も、水の弾丸も、飛翔する石礫も、なにもかもが奴の展開する【魔力障壁】に阻まれて、通らない。

なんとか前に出て剣での一撃を与えようにも、

「ちっ、邪魔だ！」

行く手を遮る二頭の魔物——【マンティコア】と【ブラックスケイルワイヴァーン】のせいで、こちらの攻撃は全くデミウルゴスに届かないのである。

マンティコア——人間に似た顔と獅子の体、そしてサソリの尻尾を持ったＡ級の魔物だ。人間を好んで襲い、食らう、凶悪な人面の魔物である。

そしてブラックスケイルワイヴァーンは、名前の通り黒い鱗を持った飛竜種《ワイヴァーン》である。通常のワイヴァーンと比べて体も大きく、鱗が非常に硬い。こいつもマンティコア同様、魔物のランクはA級である。

「どうした、その程度か？　先ほどまでの威勢の良さはどこにいったのだ？」

「うるせぇ。こっからだ、こっから！」

「まだ吼えるか。よかろう、相手をしてやれ、お前たち」

『『グロォォォォォォ!!』』

二頭の魔物が吼えた。そのまま、俺に向かって突っ込んでくる。それを俺はギリギリでかわし、マンティコアの腹部に剣で一撃お見舞いしてやった。真っ赤な鮮血が噴出し、マンティコアは苦痛と怒りをない交ぜにした咆哮をあげる。

剣を振った体勢の俺に向かって、ブラックスケイルワイヴァーンが爪を振り下ろしてくるも、マナを剣に込めて一閃。爪を切り飛ばす。血こそ出ないものの、驚愕した様子のワイヴァーンに向かって、俺は更なる追撃をかけ、首を落としてやった。

振り向きざま、苦痛で動きの鈍いマンティコアの額に剣を深々と突き刺して止めを刺す。

「ほぉ、やりおるな。しかし、魔物であればいくらでも生み出せるぞ。さて、どれだけ相手にすれば貴様は倒れるのだろうな？　ふふ」

酷薄な笑みを向けてくるデミウルゴス。自分はほとんど戦闘には参加せず、高みの見物を決め込んでいる。その驕りたかぶった余裕を持った姿に、俺の額に青筋が浮かぶ。

だが、それだけ力の差があるのだ。

今のところは、なんとか奴が生み出してくる魔物を倒すことはできている。しかしこちらの体力は無尽蔵じゃない。いつかは底を突く。その前に、なんとか決着を着けねばならない。

「ふん、自分は魔物の後ろに隠れて、こそこそと見学か、デミウルゴス。随分と弱気じゃねぇかよ」

「挑発など無駄だぞ。そうやって我を前に出そうと画策してきた討伐者はいくらでもいた。ま、そもそも我が前に出た瞬間、決着などすぐに着くのだ。この戦いは余興よ。そもそもが我を目で楽しませるものに過ぎぬ。さぁ道化よ、今一度、踊って見せろ！」

「ちっ！」

またしても、魔物が生み出される。巨大なサソリの化け物だ。今度は【タイラントスコーピオン】かよ！

俺は剣を振り上げて、魔物に突進していく。攻撃をいなし、かわし、隙を突いて倒す。そんな戦闘が、何度も繰り返された。持ってきた【スタミナポーション】も尽きてしまう。だが、俺はまだ立っている。

全身が傷つき、呼吸は荒く、今にも膝を折りそうになりそうなほど満身創痍だが、俺はまだ、倒れちゃいない！

「よくやる。単独で挑んできて、ここまで持ちこたえたのは貴様が初めてだ」

「そ、そいつは、今までの奴が、弱すぎた、だけじゃねぇのか？　俺は、まだまだ余裕だ、ぜ」

「ボロボロになりながらも粋がるか、人間。なぜ、そこまでして立っている。もう、楽になりたいとは思わぬのか」

「生憎とな、人間って生き物は執念深いんだよ。目的も果たせないまま、簡単にくたばってたまるかってんだ！」

　血の混じった唾を飛ばして、俺は声を上げた。

　それを目にしたデミウルゴスが、すっと目を細める。

「その目的とは、我を倒すことか？」

「違う。この世界を、救うことだ！」

「世界を、救う、だと？」

　すると、デミウルゴスの声が、冷気を帯びたように低くなる。

「世界を救うために我を倒すと、前の人間も、その前の人間も、みな、同じことを口にした」

「なに？」

「自分たちが住む世界を救うために、人間たちは我を殺そうと、何度でも挑んできた。何度も何度も何度も!!」

　デミウルゴスの表情に、明らかな怒りが浮かぶ。

　まるで質量を持った空気がのしかかって来るような、密度の濃い怒気。

　思わず、膝を屈しそうになってしまう。

「いつもここにくる連中たちは、世界のため、世界のためだと口にして、我に刃を向けてきた。だがそもそも、この世界を滅ぼそうとしてるのは、お前たち人間どもの方だ!!」

「っ!?」

その声は、俺の体を萎縮させた。

しかし何よりも、今までずっと超越者ぜんとした態度を崩さなかったデミウルゴスが、感情を露わにしたことに驚愕させられた。

「どういうことだ、人間が世界を滅ぼす？　なにを言ってるんだ、この世界を破壊と混沌に陥れているのは、お前じゃないか！」

「やはり人間とは無知な生き物なのだな。お前たちが発展させた魔法文明が、世界を蝕んでいることに気づいてもいないとは！」

「は？　魔法が世界を滅ぼすって、なにを言ってるんだ、お前……」

そんな話、俺は聞いたこともないぞ。咄嗟に、デタラメか？　とも思ったが、デミウルゴスが自分のことを擁護するために、言い訳を口にしているようにも思えない。そもそもあいつが嘘を口にする理由もない。

ということは……まさか、本当、なのか？　魔法が、世界を滅ぼすなんて。

「そもそも、この世界には世界樹と呼ばれる大樹があったのだ。大樹は、世界を循環するマナを生み出していた。しかし、長年に渡って発達しすぎた魔法文明が世界を蝕み、多くのマナが大地から消費されている。もはや大樹が生み出すマナだけでは、世界を維持できなくなりつつあるのだ」

「せ、世界樹？」

それは、神話やお伽話に登場するという、伝説の樹の名前だ。世界中の学者や冒険者がその姿を探したが、いまだに見つかっていない幻の存在。

そんな大樹の名前が、なぜデミウルゴスから出てくるんだ。

「大樹は、世界創造のおり、我と共に生まれた。それからずっと、我は世界樹を守護しつづけてきた。だが、世界樹は枯れつつある。世界に溢れる魔法文明を支えるには、世界樹一本では到底足りなくなってきた。ゆえに、我は壊すことにしたのだ。人間の生み出した文明を、人間ごとすべて消し去り、新たなる生命を作り出す。それこそが、我の目的。世界救済である」

「そのために、今ある命は死んでも構わないってのか」

「身から出たさび、というやつであろう。我が手を下さずとも、いずれ人間は滅びる。だが、世界を巻き込んで滅びるなど許容できない。滅ぶのであれば、自分たちだけで逝け！」

「くっ」

デミウルゴスは、この世界を守ろうとしていた？　世界樹が、人間たちが発達させた魔法のせいで、枯れかけている？　そして、俺達のせいで、世界が、滅ぶ？　だとすれば、俺はなんのために、ここに来たんだ？

決まっている。世界を救うためだ。

デミウルゴスを倒せば、それで世界は救われるのだと、ただ信じていた。

だが、こいつを倒せば、世界は滅ぶ。

信じるのか、奴の言うことを？

……信じざるを得ないだろう。あのデミウルゴスが、苦し紛れに嘘をつく理由が、思い浮かばないんだから。

なら、俺はここでこいつに倒されて、世界に生きる人間たちが、皆殺しにされるのを許容するのか？

そんなこと……

「そんなこと、できるわけがねぇだろ」

脳裏に、別れたばかりの三人の少女たちが浮かんで来る。

そればかりではない。ここにたどり着くまでに、多くの者たちと俺は出会ってきた。

そいつらが、むざむざ殺されるのを、黙って見過ごせるわけが、ねぇだろうがよ！

「たとえ……たとえそれで、世界が滅びるんだとしても、俺は、あんたを倒す！」

「愚かな。大局を見ず、目先の栄光のために我に挑むか！　所詮は人間、俗物よな！」

「うるせぇ！　あんたみたいに世界規模の尺度で世の中を見れるほど、俺はでかくねぇんだ！

それでも、あんたが世界を守りたいように、俺にだって守ってやりたい奴らがいるんだ！」

そうだ。世界なんて大きなものを守るなんざ、小せぇ俺には到底不可能だ。

だったら、たとえこれが俺のエゴでも、世界よりも俺は、自分の手の中にある大事な連中を守ってみせる！

だから、力を貸してくれ、マルティーナ、ソフィア、トウカ！

お前たちの力で、俺はお前らを守ってみせる！

「……よく言った、人間。今までの者たちは、全員がこの話を聞くなり、戦意を喪失してきたが……貴様はそれでも、我に挑むというのだな。ならば……」

言うなり、デミウルゴスが動いた。歯車のゴーレムが、地響きを上げて進撃を始める。その動きはひどく緩慢であるにも関わらず、巨体であるがゆえにすぐに俺のもとまでたどり着いてきた。

「喜べ人間、その愚かさに免じて、我が直々に相手をしてやる。創造神デミウルゴスが、貴様を魂ごと消滅させてやろうぞ!!」

三章　世界樹の種子

「んにゅ……む～……」

「っ!?　旦那様よ、気が付いたのじゃな！」

「……あれ、デミウルゴス？」

うん？　俺、寝てた？　いつの間に……何だか、夢を見ていた気がする。俺とデミウルゴスが、初めて出会った時の、夢……

そういえば、夢の中で彼女は言っていたな。この世界を滅ぼそうとしているのは、俺たち人間だと。そうか。彼女が言っていた「我は最初から、世界を滅ぼすつもりなどなかった」ては、そういう意味だったのか……これで、彼女との会話で疑問に思っていたことが氷解した。

しかし、すっきりなどしない。むしろ気分が滅入ってくることを思い出してしまった。

そんなことを思っていると、不意に頭上から声が掛かった。

「旦那様、大丈夫かえ？　気分は悪くないかの？」

「あ、ああ。大丈夫だ」

声のした方へ顔を向けると、すぐ目の前にデミウルゴスの顔があった。

長い睫毛が揺れ、紫水晶《アメジスト》の瞳が俺を見つめている。だが、よく見ると瞳がうっすらと濡れているような……と、というか、近い！

「我と接吻を交わした後に、急に倒れたのだ……さしもの我ですら、流石に焦りを覚えたぞ……また、長い眠りに入ってしまうのではないかと、気が気ではなくて…………むぅ〜、心配させるでないわ！」

「わ、悪い……」

頬を膨らませるデミウルゴスに、俺は咄嗟に謝った。

倒れた、か。確かにいきなり目の前で倒れられたら、心配もするわな。しかし、ここまで慌てるとは、本当に悪いことをしちまった。好きで倒れたわけじゃないがな。

「なぁ、俺ってどのくらい気絶してた？」

「丸一日くらいかの。ほんに心配させおってからに、この男は、全く」

「だ、だから、悪かったって」

俺はデミウルゴスとのキスのあと、気を失ってしまったらしい。

もしかしたら、二年ぶりに起きた俺の体には、デミウルゴスとの接触は刺激が強過ぎたのかもしれない。動悸も心拍も限界まで早くなっていたし、急な出来事のオンパレードで頭の回転も追い付かず、脳がオーバーヒートしたのかもしれないな。

だって、起きたら目の前に敵であったはずのデミウルゴスがいて、死闘の果てに俺は死んだのだと思っていたらまだ生きていたとか……しかも殺し合った相手に寝たきりのところを介護された挙げ句、最後は好意を寄せられてキスまでしたのだ……デミウルゴスと、俺がだ。

それだけの出来事が一気に押し寄せたのであれば、頭がパンクするのも頷ける。

そうでなくとも、体にはまだ色々と負荷が掛かっていたんだろう。

いや、まぁそれはそれとして……

「あの、デミウルゴスさん……」

「さん、などと他人行儀な呼び方はやめよ。して、なんじゃ？」

「その、離れてはいただけないでしょうか？」

「いやじゃ」

即答であった。

デミウルゴスは、昨日と同じく生まれたままの姿で、俺に抱きついていた。そりゃもう、女の子な部分を目一杯俺に押し付けていると言ってもいいくらいの密着度である。

「主がいきなり倒れるから悪いのじゃ。これは罰じゃ、しばらくは我とこうしておれ……というよりも、の……その、我がこうして、くっついていたいのじゃ……いいじゃろ？」

「う……」

そんな、いきなりしおらしくなるのは反則だろ。ダメって言えないだろうが。

しかし、この状況は俺としてはかなり辛い。なにせ、昨日と同じということは、俺だってまだすっぽんぽんなのだ。こんな状況では、俺の聖剣がエボリューションしてしまう。しかも昨日より頭も冴えて冷静な分、余計にデミウルゴスの肌を意識してしまうのだ。

「我はもう、一人は嫌じゃ。我にひとの温もりを覚えさせたのは主なのじゃから、その責任は取ってもらうからの」

「……ああ」

二年前の俺が、こいつに何をしたのかは、思い出せない。とはいえ、やっちまったことに対する責任ってやつは、果たすべきなんだろう。でなければ、俺は本物のクソ勇者になっちまう。

「うにゅ〜……旦那様〜……」

しかし、あのデミウルゴスがここまでゴロゴロと甘えてくるとは、本当に俺は、彼女に何をしたんだろうか……？

「はぁ……主の匂い、我は好きじゃ。こうしているだけで、心が安らいでしまう……不思議じゃの、誰かを好きになると、ここまで相手に甘えたくなってしまう。まこと、心とは不可思議なものよな」

「そ、そういうもんか？」

「うむ」

しかし、記憶を掘り返せるだけの余裕は、今の俺にはなく……

猫のように甘えてくるデミウルゴスを前に、俺は心頭滅却の精神で荒ぶる獣を鎮め、理性という防壁を全力で稼働させたのだった。

※

「さて、旦那様に甘えるのはこのくらいにして、そろそろ日課を済ませるとしようかの。昨日は主に付きっきりになってしまい、サボってしまったからのう」

言うなり、デミウルゴスは俺から離れていく。

「いやはや、昨晩は主が意識を失ったことに焦燥し、孤独に悲壮を意識せずにはいられなんだが、こうして言葉を交わし、肌の温もりを交換するだけで、心が満たされる。まこと、幾星霜を生きた我が、感情に振りまわされるとは……愛とはなんとも、かくも不便で度し難く、この上なく甘美なのであろうな……のう、主よ」

声を掛けられて、咄嗟に振り返りそうになるのを、すんでのところで堪える。

なにせ、俺とデミウルゴスは、いまだに裸のままなのだ。起きてからずっと、股間の風通しが良すぎて非常に落ち着かない。そしてこのままデミウルゴスの方に視線を向けたりすれば、彼女のあれこれを改めて色々と見てしまうことになる。

先ほどはなんとか俺の理性が性欲を完全ブロックしてくれたが。

今の俺では、どうなってしまうか分からない。いや、いい加減に股間がバッチリと覚醒してしまうことは間違いないだろう。

というか、さっきまでデミウルゴスから感じていた肌の余韻だけで、既に……いや、意識するな俺！　そ、そうだ！　別のことに意識を向けよう！

「な、なぁ、さっき言ってた、日課、ってのは何なんだ？」

「うん？　ああ、それはな、我はいつも……いや、そうじゃな……旦那様よ、いい機会だ。我と共に来るがよい。説明するより、直接見てもらった方が早いじゃろ。それに、いいモノが拝めるぞ」

「いいモノ？」

もうさっきからかなりいいモノを見させていただいておりますが、それ以上に何を見せてくれるというのだろうか？

いや、それよりもやはり、このままお互いに裸の状況というのはマズイだろう。せめて彼女だけでも服を着てほしい。俺はデミウルゴスに声をかける。

「というかさ、やっぱり服は着ようぜ。敵がいるいないに関わらずさ、服は着た方がいいって」

つうか着て下さい、お願いします！　このままだと、俺の息子は常にオーバードライブ状態を維持しちゃうから！　常在戦場で臨戦態勢まっしぐらの状態になっちゃうから！　ですからお願いします、服を着て下さい！

そんな俺の願いが通じたのか、デミウルゴスは渋々といった様子で、うなづく気配を感じさせた。

「むぅ、仕方がないのぅ。よほど主は我に服を着せたいようだ。であれば、致し方あるまい。もうここ最近は何も着ないで過ごしていたのだが……まぁよい。いい加減に我も、『服を作り出せる程度にマナは回復した』からの。旦那様がそこまで言うのであれば、服を作ることにしようかの」

そう言って、彼女の自分の体に、マナで編まれた衣服を出現させ、そのまま纏った。

法衣のような雰囲気の服だが、所々で肌が覗いており、わりと露出が多い。普通の法衣よりも、動きやすさを追求した感じのデザインだ。以前、俺と戦ったときに見た衣装と形状は同じものだが、あの時は全体的に黒を基調としていた。しかし今デミウルゴスが創造した服の色は、空を思わせる淡い青だ。前の衣装と比べると大分やわらかい印象を与えてくる。黒は黒で趣があったが、こっちの方が俺としては好みである。正直、かなり彼女に似合っていると思う。

「これでよいのじゃろ？」

「あ、ああ。似合ってるぞ。すごく……」

「む、そうか……似合っておるのか……服など面倒だと思っておったが、主が誉めてくれるなら、これからはしっかりと服を着るとしようかのう」

「おう、是非そうしてくれ」

俺の股間を覚醒させせないためにな。

しかし、まさかマナをそのまま服の形にできるとは、さすがは創造神であったとまで伝えられたデミウルゴスである。人間じゃ、マナだけで服を編むなんて芸当はできないからな。

「ついでじゃ、旦那様の服も出しやろう。ほれ」

「おっ、っとと」

「男物の服を、我はよく知らぬのでな、旦那様が前に着ていた服を参考に作ってみた。着心地はどうじゃ？　キツくはないかの？」

「ふむ……いや、大丈夫そうだ。問題ない」

着てみると、体にしっかりフィットしていた。ゆる過ぎず、きつ過ぎず。絶妙なバランスだ。かなり着心地がいい。

「ありがとうな、デミウルゴス」

「なに、礼には及ばぬ。それよりも、我の日課を説明しようか。こちらじゃ、ついてまいれ」

と、彼女は踵を返して、スタスタと歩いていってしまった。

森の奥へと進んでいくデミウルゴスを、俺は慌てて追いかける。

そして彼女の隣に追いついた俺は、これまでずっと疑問に思っていたことを口にした。

「なぁ、訊いていいか？　そもそもさ、なんで俺たちは無事だったんだ？」

俺が放った自爆魔法による一撃で、デミウルゴスはもとより、魔法を使った俺自身も死んだと思っていた。だが現実は、デミウルゴスも俺もぴんぴんしている。全く状況が掴めない状況だ。自爆魔法を使った後に、いったい何があったのだろうか。

「それはの、我が自分のマナを使って、瀕死の我と主を同時に回復させたからじゃ」

ああ、そういえばデミウルゴスはこの世界のあらゆる魔法が使えたんだったか。それなら、回復魔法くらい使えて当たり前だな……いや、待てよ。

そうなると俺は自爆魔法を使ったからって、デミウルゴスには勝ててなかったんじゃないか？　え？　それって俺、無駄死……いやいや！　考えるのはよそう。一応、俺の一撃はデミウルゴスには届いていた。そういうことでいいじゃないか。うん……現実逃避だよね、これ……しょぼん。

うん？　だがいくらデミウルゴスでも、自爆魔法でほぼ即死したであろう俺のことまで回復させられたのだろうか？

そのあたりのことも、俺はデミウルゴスに尋ねてみることにした。

「でもよ、俺ってあの時、自爆魔法を使ったじゃないか。俺はそれでほぼ即死したもんだと思ってたんだが、違うのか？」

「いや、その通りだ。我が主の体を再生させた時には、旦那様は既に息絶えておった」

「やっぱりか。でも、それならどうやって……」

「うむ。そうなるともう、いくら体を回復させても意味はない。中身が……命が潰《つい》えておるのだから」

そりゃそうだ。命……魂が抜けた体をいくら元の状態に復元しようが、死者は復活しない。

もしそれを可能にできるとすれば、それはもう……

「それをどうにかしようと思うのであれば、死者蘇生の奇跡が必要じゃ」

死者蘇生。神の御業。

この世界には瀕死の状態に陥った者ですら回復させる魔法は確かに存在する。が、死んだものを生き返らせる方法なんてものは、無い。現に、

「だが、いかな我でも、そこまでの魔法は使えない。それはこの世界の理を捻じ曲げる外法の技じゃからな。我とて、この世界の摂理に対し、なんでもかんでも逆らえるわけではない」

と言うことは、ある程度は無視して色々とできるんすね。やっぱり規格外だ、こいつは。よくまともに戦えたもんだ。

しかし、これだけ強力無比な存在であるデミウルゴスでさえ、死者蘇生の魔法は使えないと

いうのだから、この世界に死者蘇生は存在しない、ということなのであろう。

「じゃあ、俺はどうやって命を取り留めたんだ？」

死者蘇生以外に、命が消えた者を現世に繋ぎ止めておく方法があるのだろうか。

しかし次の瞬間、デミウルゴスは俺の疑問に、驚愕の答えを返してきた。

「うむ。あるにはある。ただし、それができるのはこの世界でも我だけであろうがな」

「というと？」

「我はな、『自身の命を、主に与えたのじゃ』。今、我と主は一つの命を二人で共有しておる状態になっておる。つまり、我と主は、文字通り一心同体になった、というわけじゃよ」

「なっ!?」

デミウルゴスの言葉に、俺は驚きを隠すことができなかった。

まさか、彼女が俺を救うために、自身の命まで差し出していたとは。ここまで彼女にさせるなんて、俺はいったいどんな手品を使って、この世界最強の少女を攻略したのであろうか？

自分のことなのに、まるで記憶にないというのは、かなり歯痒いものがあるな。

「だが、命の操作を行ったせいで、ほとんどのマナを使い果たしてしまってのう。おかげで服を作り出すマナすら捻出できない有り様になり、ああして裸で過ごしておったのだ。まぁ、敵もいないのでいつしか着なくても問題ないか、と思い始めてしまったのだがな」

「いや、服は普通に着ようぜ」

「面倒ではないか」

「いやいやいや」

やっぱり、デミウルゴスと俺には、一般的な常識の部分に開きがあるようだ。

まぁそもそも彼女は人間ではないのだから、人間と同じ感性を持っていないのは仕方が無いことなのだが。それでもやっぱり、数年間も裸族で過ごしていたというのは、やりすぎだと思わざるをえない。

「じゃが、我のマナも時間をかけて、ようやく回復してきたのじゃ。おかげで、先ほどのように服を作ることができるほどには回復した。それを確認できたという意味では、服を作った意味はあったかのう」

「いや、確認だけじゃなくて、普通に服を着るという感性を持ってくれ、頼むから」

確かに先ほど、デミウルゴスは『服を作り出せる程度の魔力は回復した』と言ってたが、あれはそういう意味だったのか。つまり、これまでずっと服を着ていなかったのも、単に服を着るのが面倒、というだけではなく、マナを回復させるために余計な力を使わないようにしていた、からなのかもしれないな。

しかし、それが長く続いて、服を着るのが面倒になった、というのは、ちょっと……

俺なら数年も裸で過ごすのは無理だ。男の俺でもな。

「しかも、我は主の自爆魔法を受けた際に、コアを傷つけられてしまったのじゃ、そのせいでこれから先、もう本来の力を出すことはできなくなってしまったようじゃ。ようは、主にキズモノにされた、というわけじゃな」

「き、キズモノって、もう少し言い方があるだろうに……」

「そこは事実なのじゃ。まぁそんなわけで、我は主と戦ったときのような力はもうないうえに、マナの回復も時間が掛かっておる。ゆえに、今は大きな魔法も使うことができぬのじゃが……まぁそうでなくとも、我の回復したマナの大半は、今は『別のことに使われておる』のだがな」

「？　別のこと？」

「これから行く所に着けば、わかることじゃよ」

それだけ言って、デミウルゴスは俺を先導しながら、森の中を進んでいく。

彼女の言葉の意味に首を傾げつつ、俺はデミウルゴスの背中を追いかけた。

そうしてしばらく、デミウルゴスに続いて森の中を歩いていくと、ふいに、視界が開けた。

「おお……」

森を抜けた先の平原。そこには、白い絨毯を広げたような花畑が広がっていたのである。

「こいつはすげぇ……」

「どうじゃ、なかなかに壮観であろう」

「ああ」

デミウルゴスの言葉に、俺は素直に頷いた。目の前の光景に、思わず目を奪われてしまう。

デミウルゴスはそんな俺の反応に小さく笑みを浮かべ、花畑の中を、更に進んでいく。そして、平原の中心の少しだけ隆起した小高い丘を登っていった。俺も彼女のあとを追って、丘を上がっていく。

すると、上の方は綺麗な円を描くように花畑が途切れた空間となっていた。

その中心に、光輝く透明な水晶のようなものが浮いてる。

「これは？」

「うむ、これはの――【世界樹の種子】じゃよ」

「はっ!?　これが、世界樹!?」

俺はデミウルゴスの言葉に目を見開き、光輝く水晶をまじまじと観察。

この水晶が、かの世界樹……この世界にマナを生み出す大いなる樹。

しかしその存在は謎に包まれており、どこに生えており、どのような生態をしているのか、一切がわかっていない伝説の樹。御伽噺の中でしか聞いたことが無い神秘の存在が、今、俺の目の前に存在する。これに驚かない人間などいないだろう。

「うむ。今はまだ苗木にすらなっておらぬが、これから数百、数千年を掛けて、この平原を覆うほどの枝を伸ばし、立派な世界樹に育つことじゃろう。我の日課とは、この種が無事であるかを確認することじゃ、むろん経過も観察しておる」

「これが、世界樹……そういえば、どことなく強力なマナを感じるかもしれないな」

種子に意識を向けると、膨大なマナが放出されているのがわかる。周りの景色が少し歪んで見えてしまうほどだ。恐ろしく濃度が濃いのだろう。おそらくどれだけの魔法使いであっても、このレベルのマナを持つには至らない。それはもちろん、勇者である俺も同様だ。

「種子とはいえ、この状態でも世界へ向けてマナを放出しておる。まぁ、樹の状態に比べれば、まだまだ生み出されるマナは少ないがの」

これで少ないのか。

大樹まで育った際には、どれだけのマナが放出されるのか、まるで想像できないな。

「しかし、どうしてここに世界樹の種子が？」

世界樹はこの世界に唯一無二の存在であると聞く。ゆえにわからない。二つとないはずの種子が、なぜあるんだ？　これだけマナを放出する代物だ。偽物ということはありえないだろう。

「そういえば、確か今の世界樹は枯れそうになってる、みたいなことをお前は言ってたな。まさか、もう前の樹は枯れちまったのか？」

という俺の疑問に、しかしデミウルゴスは首を振って否定した。

「いや、そういうわけではない。最初の世界樹は、まだ生きておる。まぁ、あと一〇〇〇年も生きていられるか、わからん状態だがの」

「一〇〇〇年……か」

それが長いのか短いのか、俺にはよくわからない。いや、世界規模で見れば、一〇〇〇年はかなり短いのだろう。

デミウルゴスが言うには、俺たちが戦ったあの異空間の奥に、世界樹が生えていたそうだ。

そして俺たちの激闘の末、最後に俺が起こした大爆発の影響で、デミウルゴスの体から膨大なマナが溢れた。世界樹は彼女のマナを浴び、消えかかっていた生命に一筋の光が宿ったという。

その結果として、

「世界樹は残り少ない生命力を搾り出し、一つの種子が生まれた……それが、こやつじゃ」

デミウルゴスは慈しむように種子を撫でる。

まるで母性さえ感じさえる穏やかな表情に、俺の心臓がドキッ、と跳ねた。

こいつ、こんな表情もできるのかよ。くそっ、やっぱり綺麗だ、こいつは。

俺が見つめている間にもデミウルゴスは言葉をつむぎ、種子を撫でていた。

「我はこの種子を育てることに決めた。今現在、我のマナの大半は、この種子を育てるために使われておる」

彼女いわく、この種子もこのまま放置すれば先代の大樹と同様、世界に蔓延る魔法文明により、マナが搾取され続け、すぐに枯れてしまうそうだ。ゆえに、彼女は自身のマナを種子に与え続けている。

なるほど、彼女が言っていた、「別のことに使っているマナ」とは、このことだったのだ。

それと、今俺たちがいる森は、かつてエルフ族が住んでいた場所であり、周囲を強固な結界が覆っているそうだ。

そんな森であるがゆえに、魔物も存在しておらず、世界樹を害する存在もいない。

まさしく、世界樹を育てるのには理想的な環境と言えるというわけだ。

もっとも、その強力な結界も、デミウルゴスの侵入を防ぐことはできなかったようだが。

いくら弱っていても、そこはさすがに創造神ということなのだろう。

「新たな樹が育てば、今の世界樹と一緒にマナを世界にもたらし、いくらか世界の寿命を延ばすことができるであろう。その間に、この樹から新しい世界樹の種子を回収することができれば、世界を存続させることもできるはず……じゃが」

言葉を切ると、デミウルゴスは悲痛な面持ちに変わり、俯いた。

「これ以上、人間が魔法文明を発展させれば、もう後はないであろう。我が見積もった、先代の大樹の寿命が一〇〇〇年というのも、これからの魔法文明が今の状態のままで推移していけば、というものじゃ」

「っ……」

ということは、本当の期限はもっと短いかもしれない。

今も世界中で、魔法を発展させるために、研究、研鑽が行われている。各国で、新しい魔法の開発を競っているくらいなのだ。当然、これからも魔法は発展するだろう。この世界の寿命と引き換えにして……

「じゃが、もう我には人間たちを滅ぼせるだけの力は残っておらぬ。旦那様との戦いで、我の体は弱くなってしまったからのう」

「…………」

俺は、俯くことしかできなかった。

あの時は、ただ無我夢中で、今この世界に生きている人間たちをただ守りたいがために、剣を振るった。しかしその結果として、世界は破滅への道を歩もうとしているのだ。

後悔が胸に押し寄せる。

本当は、俺だけが倒されるべきだったんじゃないかと思えてくる。

結局、何が正しかったのか。大切な人を見殺しにする選択が、正しかったなどとは到底思えない。しかし、世界を見捨てていい理由にだって、ならないだろう。

「そこでじゃ、旦那様よ。主に、頼みたいことがあるのだ」

「つ、な、何だ？」

内心で葛藤していたところへ急に声を掛けられ、声が裏返ってしまった。少し恥ずかしい。

が、俺はデミウルゴスの言葉を聞く姿勢をとった。

本来なら恨み言の一つでも飛ばしてきそうな彼女が、俺に何を伝えようとしているのか。

「うむ。このままでは、世界の滅びは目に見えておる。そこでじゃ、我は考えた。どうすれば、世界の滅びを回避できるのか」

「お、おう」

デミウルゴスの声に熱を感じて、俺は緊張してしまう。彼女はいったい俺に、何をさせたいのだろう？

「先代の大樹では、内に宿るマナが少なく、新しい樹を生み出せる可能性は少なかったが、こうして新しい樹を生んでくれた。そして今の、この新しい種子が立派な大樹として育てば、子孫を今よりもっと多く残すことができるやもしれん」

興奮した様子のデミウルゴス。初めてみる彼女の表情だ。よほど熱くなっているようである。

「我は、その子孫を増やし、世界をマナで溢れさせる計画を立てた。名づけて――

【世界樹大増産計画】じゃ！」

「お、おお……」

腕を振り上げて、声高に計画名を上げるデミウルゴス。

というか、また彼女のキャラが変わっているような。しかも【世界樹大増産計画】っていう安直なネーミング。いやまぁ、なんともわかりやすい計画名だが。

「そもそも、一本でマナをまかなえないのであれば、数を増やすほか無い。今までは大樹に過度なマナを与えても良いのかわからず、ずっと現状を維持することしかできなかったが、多くのマナさえあれば、種子を残せることがわかった。つまり、この種子を大樹まで育て上げ、かつ大量のマナを与えてやれば、こやつが新しい種子を生み出してくれるという寸法じゃ」

そして種子の数を増やして、大樹を大量に育成する。それがデミウルゴスの壮大な計画の全貌だった。

「そのためには、この種子を枯らすわけにはいかん。しかし大樹が育つためには、我が与えている以外に、成長するためのマナが必要……そこでじゃ、旦那様には、この大樹を育てるためのマナを我と共に集めて欲しい。そして共に、この大樹を……世界を守って欲しいのじゃ」

デミウルゴスが語る計画を聞き、俺は考える。

このままいけば、世界は破滅エンドへまっしぐらだ。

しかし、彼女の計画が成功すれば、世界を救えるかもしれない。

つまり俺の返答は、既に決まっているようなものであった。

「――わかった。俺で協力できることなら、力を貸そう」

そうだ。俺の答えは、これ以外にはありえない。

俺のせいで世界が滅びるなどまっぴら御免である。それに今まで世界樹を守っていたデミウルゴスの力を削いだ責任もある。ここで否と口にするほど、俺は無責任ではないつもりだ。いくら過去に嫌われ者をずっと演じてきたとはいえ、その程度の良識はある。

ここは、デミウルゴスの【世界樹大増産計画】に協力すべきであろう。

「おお、やはり記憶を失っても旦那様は我への愛まで忘れてはいなかったのだな。よもやこのような大事を前に即答を貰うことができようとは。うむ、やはり旦那様は我が見込んだ男よ」

「お、おう」

真っ直ぐに好意的な目を向けられて、思わず顔が熱くなっちまった。

だってよぉ、デミウルゴスってかなりの美人なんだぜ？

しかも元創造神で元魔神。

そんな見た目も存在も最高峰の美少女から素直に褒められたら、そりゃ誰だって照れるだろ。

「ふふ、我ら夫婦の初の共同作業じゃ。今はこの世界樹の種子のために……そしていずれは、我らの赤子を育てるために……ともに力を合わせて、営みを励むとしようではないか」

う……おい、言い方。夫婦の共同作業って……

もうデミウルゴスの中では、俺らは夫婦として成立しているものだということで話が進んでいるらしい。しかも子供が生まれること前提である。

だが、ちょっと疑問に思うこともあるわけで、

「な、なぁデミウルゴス。その、昨日は俺と……その、エッチをしようとしてたが、俺たちの間に子供ってできるのか？」

「うむ。ちゃんとできるぞ。何せ我と主ら人間の体は基本的な構造は変わらぬのだ。とはいえ我にはコアという力の源はあるが、他の機能は人間とそう変わらぬ。ゆえに、交われば子を孕む機能もしっかりついておるから、安心して情事に励むがよいぞ」

「そ、そうなのか……」

「まぁ、我らの赤子作りは、旦那様の心が決まってからじゃがの……焦って主に迫り、嫌われては敵わぬゆえな。もう少しだけ待ってやろうぞ。それに、愛しておる旦那様から、我も愛されたい……そのためならば、多少の苦難にも耐えられるというものよ」

ぐっ……なんというか、デミウルゴスの直接的な好意が、胸に痛い。

彼女から向けられる信頼の情を前に、俺は結論を先延ばしにした。彼女という存在を、受け入れるのか否か。その答えを、俺はまだ出せない。

だが、デミウルゴスは待ってくれると言う。

もう二年も待たせてしまったというのに、それでもまだ、待つと……

俺は自分の優柔不断が情けなくなるが、それでもこの答えは、そう簡単に出していいものではないように思える。しっかりと、自分の心にあるべき解を得なければ。

でも、あまり時間ばかりをかけていいわけでもない。

できるだけ早く、デミウルゴスの気持ちに対する答えを出す。それが、俺にとっても、彼女にとってもいいことなんだから。

「さて、旦那様よ。ではそろそろ、我と共にマナを集めに……」

ぐ〜〜〜〜〜……

「……おやおや、旦那様よ」

「いや、待て。ちょっと待ってくれ」

いやいやいや、本当に待てよ俺の腹！　世界樹を育てて世界を救うという決意をした直後に、いきなり鳴るか普通！　ここはもうちょっと空気を読んで、鳴るにしても一仕事終えてからとかさぁ！　あるだろ、雰囲気とか！

「ふふ……」

ほら笑われた！

「うぅ……」

俺は恥ずかしさでついと顔を逸らしてしまう。

しかし、そんな俺にデミウルゴスは苦笑を浮かべ、そっと近づいてきた。

「そういえば、人間は腹に何かを入れねば、空腹になるのであったな。我は体内にマナさえあれば、体を維持できるため失念しておった、許せ。それに、二年もの間、ずっと眠ったままであったのだ、人間であれば腹が空いていて当然、先に食事としようかの」

「すまん」

「謝るでない、その空腹は人間として、当然の反応なのじゃ……ちゃんと、生きている、ということの証明なのじゃから、恥じることはない」

「すまな……いや、ありがとな、デミウルゴス」

「うむ、それでよい」

咄嗟に頭を下げそうになってしまったが、すんでのところで思いとどまる。

気を遣われたことを申し訳なく思うよりも、感謝することのほうが重要だろう。

「ついてまいれ。旦那様でも口にして問題なさそうな果実が、この奥にある」

と、デミウルゴスは再び俺を先導するように歩き出した。

世界樹の種子がある丘を下り、花畑を進んで森の中へ。俺が目覚めた場所からまるっきり反対の方向へと進路をとると、ゆっくりと森を進んでいく。しばらく巨大な木々の隙間を縫う様にしてデミウルゴスの後ろをついていくと、大きな泉へと出た。そして、周囲の巨木よりもかなり小さな低木が、泉を囲むようにして群生している。

「これは……日の光がほとんど届いていないはずなのに、これだけの木が生えているとはな」

しかも、低木には立派な白い木の実が成っている。

大きさはちょうど俺の拳くらいか。だが、こいつは……

「この果実であれば、旦那様でも食せるであろう？　旦那様が目覚めたときのために、森の中にある、人間に無害な植物は、一通り調べておいたのだ。中でも、この果物は味も良かったし、旦那様も気に入ってくれるはずと思ったのだが」

「あ、ああ……ありがとう、デミウルゴス。にしても……」

俺は手ごろな位置に実っていた果物をもぎ取り「やっぱり」と呟いた。

「これ、【ホーリーアップル】じゃないか。まさか、こんなところでお目にかかるなんてな」

世界樹の種子ほどではないにしろ、珍しい果実を前にした俺は、僅かに目を開いて、手にした白い果実を凝視。

【鑑定士】のジョブから得た力を使って、果物を調べる。

ただ、これは女神がそう設定したからなのか、この力は人間を相手に使うことはできない。ゆえに、この能力は世間的にも『万能』ではなく、『ほとんど万能』と評価されているのだ。

調べてみると、やはり俺の見立て通り、こいつはホーリーアップルで間違いない。

白い光沢のある皮に、見た目よりもずっしりと重たい感触。そして光沢の中に浮かぶ独特の文様。この特徴を持つのは、まさしくホーリーアップルである証拠だ。

【鑑定士】は、モノの真贋を見破ったり、あるいは目にしたモノの情報を視覚的に得ることができるようになるジョブだ。先ほどは『ほとんど万能』と評価される能力だと説明したが、この鑑定の力は、そのあまりにも有用な能力ゆえに、大商人が専属で雇い入れたり、王族や貴族たちからも重宝されるものだ。俺が勇者として初期に得たジョブの一つも、この【鑑定士】だったくらいだからな。

旅の中ではサバイバルを強いられることも多く、このジョブの力のおかげで助かった場面も多い。なにせ、毒のある植物なんかを、誤って口にするようなこともないのだから。それに、武器や防具を買う際だって、粗悪品を掴まされる心配だって皆無だ。おまけに魔物の情報だって視覚内に入れれば習得できるのだから、ほとんど万能である。

「ほぉ、この果実はそのような名なのだな。これはかつて、この地に住んでいたエルフ族の主食だったようだぞ。この近くに連中の遺跡があり、そこにもこの木が生えておったからの」

「そうなのか」

ホーリーアップルは、ほとんど市場に出回ることがない、珍品中の珍品だ。

木から取れた状態でも、長い年月、保存することが可能で、しかも一口かじれば体力を完全回復し、解毒も行える。更には一時的に肉体を強化する効果も備えている。それと、名前の由来である、聖属性を得る効果まであるのだ。

ごく稀に、ダンジョンと呼ばれる迷宮、洞窟の奥地、遺跡で発見されることがほとんどだと訊くが、野生のホーリーアップルを見たという話は聞いたことがなかった。俺も過去に数回しか見たことがない。これ一個で、おそらくだが一ヶ月は何もすることなく生活ができてしまえるだけの価値がある。もしここにあるホーリーアップルを王都にでも持っていけば、貴族街の一等地に御殿が建てられるほどに儲けられるだろう。

「ほれほれ旦那様よ、そのような難しい顔をしておらず、食べてはどうじゃ？」

「あ、ああ」

普通であれば、このような高級品はおいそれと食えるわけではないだが、ここにはもはや相場が暴落しそうなほどのホーリーアップルが生っている。まさしく食べ放題だ。

「それじゃ……あむ…………うまっ!?」

え？　なにこれ!?　ホーリーアップルってこんな美味いの!?

噛み付くと、シャク、という瑞々しい音を立てて、中からジュワっと果汁が溢れてくる。皮が薄く、中には実がぎっしりと詰まっている。蜜をたっぷりと含んだ果肉が濃い甘味を舌に広げる。しかし、それと同時に感じる絶妙な酸味が甘さを調整しているため味がしつこくない。喉を通り抜けた時に口内に広がる爽やかな清涼感は、最高の後味である。

俺はこれが高級食材であることを忘れて、ガツガツと頬張った。

さすがに中央付近の種や芯、へたの部分までは食えないが、それでもそこ以外はあますことなく食うことができる。

「ふふ……気に入ったようでなによりじゃ、どれ、では我も一つ……」

そう言って、ぷちっ、と優しくホーリーアップルを木から取ると、小さな口を開けて食べ始めた。

「うむ、やはり美味じゃ」

上品に食べるデミウルゴスの姿に、俺は思わず食べる手を止めて見惚れてしまう。

出会った当初は、射ぬかんばかりに鋭い眼光を俺に向け、押し潰されそうなほどに強烈なプレッシャーを掛けてきたというのに、今のデミウルゴスはホーリーアップルを齧って相好を崩している。

そんな彼女のギャップを目の当たりにしているせいなのだろうか、ただ普通に果物を食べているだけのデミウルゴスがかなり可愛く見えてしまう。

が、俺の視線に気づいたデミウルゴスが俺に顔を向けてきて、

「なんじゃ？　もう食べなくてもよいのかの？」

「え？　あ、いや……」

「？？」

まさか、ホーリーアップルを食べていた姿に見惚れていた、なんていえるはずもなく、俺はしどろもどろになってしまう。

そんな俺にデミウルゴスは首を傾げた。

ま、まずい。ここで慌てたりすれば、またデミウルゴスから可愛いなどと言われてしまう！

な、なんとか話題を逸らそう。

「そ、そういえば、デミウルゴスも何かを食べたりするんだな。さっきは、マナがあれば食事は必要ない、って言ってなかったか？」

「む、ああ、そうか。なるほど。そのことが気になったのか」

よぅしっ、セーフ！　話題転換成功！

「あ、ああ。実はそうなんだよ」

「うむ、我は確かに食事を必要とはせんが、味覚はあるのじゃよ。ゆえに、食とは我にとって生きるための行為ではなく、趣味のようなものじゃな。これだけが、主と会う前までの、我が

持つ唯一の楽しみだったかの」

「なるほど、そういうわけか」

彼女の答えに納得し、俺は頷いた。

もしかしたら、デミウルゴスには娯楽と呼べるようなものはなかったのかもしれない。だとすれば、食べる、という行為が趣味になってもおかしくはないのだろう。

「じゃが、今では主を如何に篭絡してやろうか、という、新しい楽しみができたのじゃ。ふふ、くれぐれも我を飽きさせることなく、ずっとそばにいておくれ、旦那様♪」

「――って、おい！」

言うなり、デミウルゴスは俺にすりより、ひしっと抱きついてきた。そして下から見上げてくる彼女の表情には、どこか悪戯っぽい笑みが張り付いていたのである。

「おい、近いぞ」

「よいではないか、我らは夫婦なのだ。別に今更この程度、気にするほどのことではあるまい……それに」

「？」

な、なんだ？　デミウルゴスが、急にニヤッと笑みを浮かべて……

俺が疑問符を頭に浮かべる中、デミウルゴスは爪先立ちになって、こちらへ顔をずいっと近づけてくると、

「口の端に欠片がついておるぞ、全く主は。どれ…………ん、ちゅ」

「!?」

途端、デミウルゴスが俺の唇の端を、チロッと舐めてきた。

「なっ！　おい、デミウルゴス！」

「ふふ……」

舌に乗ったホーリーアップルの欠片を見せ付けるようにしてくると、そのまま口の中に入れて飲み込んでしまった。

あまりにも扇情的な光景に、俺の心臓はドクドクと脈打ち、血流が速くなって顔が熱を持つ。

当然、顔全体が真っ赤に染まり、耳まで熱くなる有様であった。

「ふふ、この程度で赤くなりおって、やはり主は可愛いのう」

「……勘弁してくれ」

結局、俺はまたしても、デミウルゴスから可愛いなどという不名誉な評価をいただくことになってしまった。

※

デミウルゴスにからかわれつつも、少しだけそんな食事を楽しんでしまった俺。

まさかとは思うが、俺って苛められて喜ぶようなへんた……いや、考えるのはよそう。こういうのは一度はまるとドツボだと言うしな。うん。何も考えなければ、気づくこともない。いやいや、俺ってば普通だから……たぶん。

「では旦那様よ、腹もだいぶ膨れたところで、さっそく世界樹に与えるマナを集めにまいろうか」

そんな俺の心境などお構いなしに、デミウルゴスが声を掛けてくる。

ちなみに今は森の外へ向けて移動中だ。その理由をデミウルゴスに問いかけると、

「うむ。実は世界樹にマナを与える方法は二つあるのじゃ。一つは我のように、直接体内のマナを与えるやり方。しかしこれは世界樹が枯れぬ様にするための応急処置にしかならん。ゆえに、実質的に手段は一つに絞られるか」

「その方法ってのは？」

「それは、魔物が落とす、【アニマクリスタル】という物質を、大樹に与えることじゃ」

「アニマクリスタル……聞いたこともないな。そいつがあれば、世界樹を成長させることができるってことなのか？」

「そうじゃ。アニマクリスタルはの、魔物の魂が物質化した、マナの結晶体なのじゃよ」

デミウルゴスの話では、この世界に存在するほとんどの魔物は、実はとある四体の魔物が生み出した存在であるらしい。デミウルゴスも魔物を創造できることは、先の戦いで知っている。

しかしデミウルゴスが世界に放った魔物は、その四体だけという話だ。

彼女はその魔物たちを、【四強魔《よんきょうま》】と呼んでいるそうだ。

四強魔《よんきょうま》はデミウルゴスから与えられた膨大すぎるマナを地上の生命に与え、魔物化してしまうらしい。魔物化した生物は、身体能力が飛躍的に向上し、凶暴性も増す。おまけに繁殖能力まで劇的に上がる。世界に魔物の存在が溢れたのは、四強魔《よんきょうま》が各地で自身のマナをばら撒いた

り、魔物自身が持つ強すぎる繁殖力によって、数を爆発的に増やしたからだ。

「魔物は外部からマナの干渉を受けて変化した動植物や、鉱物、それと霊体たちのことじゃ。彼らは体にアニマと呼ばれる魂を持っており、倒されることで地上にマナとして還る……しかし、我と主であれば、本来なら地上に溶けてしまうマナを結晶化させることができる。それこそが、アニマクリスタルじゃ」

魔物が体内に宿すアニマは、ただの人間が倒したとしてもマナとして大地に吸われてしまう。しかしデミウルゴスはこのアニマを物質化できる力を持っているらしい。そしてデミウルゴスと命を共有している俺も、彼女が持っている力の一部を使うことができるという話だ。

俺かデミウルゴスが魔物に止めを刺すと、自動的にアニマが凝固して結晶化する。それを吸収させることで、世界樹の成長を促進できるそうなのだ。

「だが、魔物から取れたマナを世界樹に与えても問題ないのか？」

勝手なイメージだが、世界樹はとても神聖なもの、という感じがするのに対し、魔物というと穢れた存在、という印象になる。あくまでも俺のイメージだが、そのあたりは問題ないのだろうか？

「うむ、そもそもマナに聖も邪もない。あるのはただ力の源という性質のみよ。そなたら人間が魔物を邪悪とするのは、奴らが人間を襲うからであり、自然界では少々気の荒い動物と同じじゃ。知性を持たない生物が、魔物を邪悪と判断するかの？」

「ああ、なるほど」

言われてみれば確かにその通りだ。

魔物は邪悪とするのは、確かに人間が判断している基準にすぎない。

まぁ、生態系を侵された通常の動物たちもかなりいるので、そいつらは魔物に対して怒りを覚えるだろうが、敵とは判断しても、邪悪などとは思わないだろう。

「さて、ではあらかた説明も終わったところで、早速旦那様には、魔物を倒してアニマクリスタルを集めてきてもらおうかの」

「うん？　俺だけか？　デミウルゴスは手伝ってはくれないのか？」

「すまぬが、今の我はほとんど力を持っておらぬ。下手をすればその辺にいる人間の少女と変わらぬ程じゃ。言ったであろ、主に我の命を与えたことで、マナをほとんど消費したと……しかも世界樹にマナを与えている今、我はほとんど魔法を使えぬ。ましてや、攻撃魔法など撃とうものなら、我の体が消えてしまう」

「それは、やっぱり……」

俺が、デミウルゴスのコアってヤツを、傷付けたからだよな。

俺は罪悪感に苛まれる。

しかし、そんな俺の元に、デミウルゴスが近付いてきて、頬を両手で挟み、顔を寄せる。

「気にするな。主と我は、お互いに譲れないものを賭けて戦った。その結果として、旦那様は我に勝ったのじゃ。確かに我は消滅こそしなかったが、力はだいぶ削がれ、もう我という個人が人間を滅ぼすことはできなくなった。じゃが、その代わりに、新しい世界のありようを創造できる機会を、主がくれたのじゃぞ」

「お、俺が？」

「そうじゃ。先代の世界樹が種子を生み出す切っ掛けを作ったのは、旦那様じゃ。むしろ、我は感謝すらしておる。まぁ、我をキズモノにした責任くらいは、取ってほしいがの。例えば、我と契りを交し、まぐわって、子をもうける、とかの……くす……」

「う……」

自分が力を失ったというのに、それを必要以上に悲観した様子のないデミウルゴスに、俺は素直に感嘆する。

普通なら、自らを傷付けた相手を恨んでもよさそうなものだというのに、そんな恨み言も口にせず、むしろこちらを慰めて来る。その度量の大きさは、やはり神と伝えられるだけあるということなのだろう。

器の大きさが、人間とは違いすぎる。

俺を許してしまえるところも、自分が弱体化した責任を追求して、俺に結婚を通り越して、子作りを迫って来る強かな部分も、な。

「じゃ、じゃあ、デミウルゴスが戦えない分は、俺が頑張って二人分の魔物を倒して、アニマクリスタルを大量に世界樹へ与えていかないとな！」

俺は、デミウルゴスの妖しい笑みから目を逸らし、誤魔化すように声を上げた。

顔を挟んでいた彼女の柔らかい手をそっと外して、背を向ける。そして、森の外へ向けて、ズンズンと歩みを進めた。

「さぁ！　いざ行かんっ、魔物討伐へ！」

片腕を上へと突き出し、意気揚々と振る舞う。

しかし、

「くすくす、旦那様よ、ちょいと待たれよ」

「な、何だ!?　早く森の外に出ようぜ！」

小さな笑いを漏らすデミウルゴスが、俺を呼び止めた。

俺は首だけで彼女に振り返る。そこには、可笑しそうに笑いを堪えているデミウルゴスの姿が。

「ふふ……元気があるのは結構だがな、旦那様よ。森の外へ出るには、そちらでは反対方向であるぞ。というより、主はまだこの森の中を知らぬというのに、一人でどこへ行こうというのじゃ？」

「あ……」

「ふふっ……旦那様は、やはり面白いのう。見ていて飽きぬわ」

「〜〜〜〜〜〜っ！」

ここ数時間で、俺は何回、恥ずかしい思いをしているのだろうか。しかも、その都度デミウルゴスから嬉しくない評価をいただいている有様である。

うぅ……情けねぇ。仮にも勇者だぞ、俺……いや、落ち込んで何になる！　前を向け、アレス！　現状に不満があるのなら、自らの手で覆すしかない！　そのためには、まず……

魔物を倒して、大量のマナを集めるのだ！

デミウルゴスの案内で、森の外へと出た俺。

眼前に広がるのは、地平線まで見渡せる草原であった。

森に遮られていた日差しが、さんさんと降り注ぐ。絨毯のように広がる緑が風に揺られて、波打つような白いラインを描く。

「ここから先はエルフが張った結界の外になる。今は近くに魔物の姿は見えんが、少し歩けばそこら辺にいるはずじゃ」

「なぁ、その結界から出て、俺は後から普通に森に入れるのか？」

「ああ、問題はない。この結界が作用するのは魔物のみ。あやつらが発しているマナの波長を感じ取って区別しておるようじゃ。人間である旦那様は、結界に弾かれる心配は無い」

そういうことなら、森から出ても問題は無いか。

ただ、俺は少しだけ気になることがあった。というのも、

「なぁデミウルゴス、お前って魔物の生みの親、みたいなもんだろ？　なのに魔物を積極的に倒しに行ってもいいのか？」

そう、魔物とはデミウルゴスが創造した存在であるはず。つまり、彼女にとっては子供のような存在ではないのだろうか？

もし、デミウルゴスが魔物を倒すことに、心を痛めるのだとしたら……

「いや、旦那様が気にすることはない。我自身がこの世界に向けて生み出した魔物は、四強魔《よんきょうま》のみじゃ。それに我が生み出した魔物は生命というより自我を持ったマナの塊でしかない。しかも知性はないに等しく、我が下した『人間を滅ぼせ』という命令以外の行動は取らぬ。まぁ、四強魔《よんきょうま》は生み出してから相当の年月が経っているため、今はどうなっているかわからぬがな」

「そういえばさっきも出てきたが、四強魔《よんきょうま》ってのは、具体的にはどんな魔物なんだ？」

「四強魔《よんきょうま》はそれぞれ、【フェニックス】、【龍神】、【ティターン】、【ベヒーモス】の四体のことを言う」

「うわぁ……そいつらって、討伐ランクが『ＳＳ』の化け物じゃねぇか……」

魔物には、下位は『Ｆ』から、上位は『Ｓ』までランク付けがされている。しかし、そのランクに当て嵌まらない最強最悪の魔物が存在する。それこそが、デミウルゴスが口にした、四体の魔物である。

より正確に言えば、こいつらはもう魔物というカテゴリーではなく、【幻獣】という名で恐れられている。いつから存在しているのかもわからず、ただただ強力無比な存在であるということしか俺は知らない。デミウルゴスを倒すための旅でも、こいつらには出会わなかったしな。

それにしても、そうか。こいつらの生みの親は、デミウルゴスだったのか。なんか納得だ。

しかし、もし俺がデミウルゴスに挑んだ時に、こいつらが近くにいたらと思うとぞっとする。その場合は、まず間違いなく完膚なきまでに叩きのめされていただろう。もうデミウルゴスと戦うどころの話じゃなかったはずだ。

「ふふ……懐かしいのう。今頃は、どこをほっつき歩いているのやら。あやつら、一度も我のところに帰ってきたことがない。知性を持たせてやらなかったとはいえ、薄情なものよの」

自分が生み出した魔物たちが、今はどうしているのか……

空を仰いだデミウルゴスは、ほぅ、と小さく息を吐き出した。

「まぁよい。して、話を戻すが、魔物たちはいわば我にとっては装置のようなもの。人間を滅ぼすために用意した道具じゃ。そこまで感情移入はしておらぬゆえ、旦那様も気にせず滅されよ。それが今は、世界を救うことになる……魔物を世界に放った我が言うには、少々皮肉なことじゃがのう」

自虐的な笑みを浮かべる彼女。

しかし、実際に魔物に倒すことに忌避感などはないようで安心した。

「わかった。なら遠慮はしない。一匹でも多くの魔物を倒して、世界樹を育てていかねぇとな」

「うむ、その意気であるぞ、旦那様よ」

「おう。そんじゃ、行ってくるぞ」

俺は木々の間から、草原へと一歩を踏み出す。吹き抜ける風を体に浴びて、草原の中を進む。

と、背後から俺についてくる気配が。

「ん？　って、デミウルゴス、なんで付いてくるんだ？」

「む、いかんかの？」

「いかんっていうか、危ないと思うぞ？」

きょとんとした様子で小首を傾げるデミウルゴス。可愛い仕草ではあるが、ここは森の中のように安全ではないのだ。戦う手段を持たない今のデミウルゴスでは、正直言って危険ではないだろうか。

「なに、心配はいらん。いざとなればすぐに逃げる。それに主がいてくれるのじゃ。我のこと、守ってくれるじゃろ？　信じておるぞ」

「おいおい……」

なんというか、俺に頼る気満々な元ラスボス様であった。

にしてもだ、俺がいるから何も問題など起きないなどと、随分と信頼されているもんだ。正直、かなり背中がくすぐったい。

「それに、いくら我が全盛期の力を持たぬとはいえ、いっかいの魔物相手であれば、そうそう攻撃が通ることはありえんよ。この体、見た目よりかなり丈夫なのじゃぞ？　このとおり……のっ！」

と言って、腕を出して手ごろな木を殴ってみせる。

すると、幹が浅く抉られ、木片が宙を舞った。

「我の体はマナでできた薄い皮膜に覆われておる。まぁ、攻撃にはほとんど役に立たぬが、ちょっとした衝撃程度であれば防ぐことはできるのじゃ。じゃからの、旦那様よ、一緒について行ってもいいじゃろ？　我は主が勇ましく戦う姿を見たいのじゃよ。主に迷惑は掛けぬから、のう？　のう？」

　上目遣いで俺を見つめてくるデミウルゴス。

　本当ならなんと言われても危険な場所に力の無い奴を連れて行くなんてできないんだが……

「はぁ……どうせ来るなって言っても、付いてくるんだろ？」

「うむ」

　迷いなく返事をする彼女に、俺は思わず苦笑してしまう。

「わかった……ただし、いざとなったら本気で逃げてくれよ。俺だってそこまで万能ってわけじゃないんだ。最悪お前を守りきれない可能性だって十分にあるんだからな」

「了解じゃ！　主に迷惑はかけん。とはいえ、主のことじゃ。我が危なくなれば、命懸けで守ってくれるのだと信じておるからの」

「あのなぁ……」

　全く、調子のいいことを。

　しかし、俺も甘い。本当に相手を思うなら、ここは置いて行くのが正解だろうに。

　まぁ、俺の持つジョブの一つ、【ハンター】の『索敵』で周囲を調べてみても、そこまで脅威度の高いモンスターはいない。気配から察するに、おそらくはスライムだろう。他の魔物がどこからか現れないとも限らないので、油断はできないが、まぁ現状はそこまで危なくはない。

「それじゃ、行くとしますか」

「うむ。頼むぞ、旦那様よ」

俺とデミウルゴスは、見晴らしのいい草原を、森を背にして真っ直ぐに進んでいった。

しばらく歩いていると、半透明な緑色の物体を発見。草原の中にあった岩の影に隠れて、見つけた相手を観察する。

【グリーンスライム】だ。通常の青いスライムより上位互換的な存在だ。

とはいっても防御力はそこまで高くないし、攻撃だって体当たり一択だ。その粘液が薬の材料になるということ以外は、特筆する部分のない魔物である。だが、油断した連中が窒息死させられたなんて話もある相手なので、油断は大敵。どんなに弱そうでも、相手は魔物。ちょっとした油断が命取りになったりするのである。

それに今は後ろにはデミウルゴスもいるのだ。

慎重にいかねばなるまい。

「さて、数は……ひぃ、ふぅ、みぃ……」

六体か。周囲の気配を探ってみるも、他にスライムや別種の魔物がいる様子はない。

「む、スライムかの？」

「ああ、数は六。他にはいないみたいだが、とりあえずデミウルゴスはこの岩からは出てこないでくれよ」

「うむ、わかったのじゃ」

「んじゃ……行ってくるっ！」

俺は岩陰から身を躍らせ、グリーンスライムたちのいる場所まで一気に距離を詰める。

グリーンスライムたちが俺の存在に気づいて、ぷるん、と体を揺らした。

「ふっ！」

俺は一番近くにいたスライムに手刀を突き込む。こいつらは体内にある核さえ潰せば、体を維持できないのである。ゆえに、俺は容赦なく核を破壊した。するとスライムの体が爆散、緑色の粘液を撒き散らして息絶える。途端、スライムの体から小さな青い結晶が地面に転がる。

初めて目にする現象、これがアニマクリスタルか。

地面に転がった結晶をそのままにし、俺はすぐさま次の獲物へと標準を定めた。

「うし！　まずは一匹！　次！」

俺はスライムの体当たりをギリギリのタイミングでかわし、手刀を振るって核ごと切り裂く。

デミウルゴスの話だと、俺は二年もの間眠っていたらしい。つまりこれは二年ぶりの戦闘行為になるのだが、体は動きを覚えていてくれたようだ。思ったより素直に動いてくれる。

足元に転がる小石を拾って、少し離れた位置にいるスライムに投擲。びゅん、という鋭い音を立てて、石がスライムに迫り、その体内にある核を破壊した。これで三匹目。残り半分。

俺は全盛期の勘を取り戻すように努めながら戦った。しかし所詮はスライム。戦闘はあっという間に終了してしまった。

「ふぅ、これで全部か」

最後の一匹を倒し、俺は周囲の気配を探る。もしかしたら、まだ隠れている可能性もあるからな。だが、感じられるのはデミウルゴスの気配のみで、あとは何もいない。

「終わったのかの？」

と、俺の戦闘が終わったのを確認したからか、デミウルゴスが小走りに駆け寄ってきた。

「ああ、もう近くに魔物はいないみたいだな」

「ふむ、さすがに戦い慣れておるの」

「まぁ、あれくらいならな」

上位種とはいえ、所詮はスライムだ。油断さえなければ、そもそも苦戦する相手でもない。

「では、アニマクリスタルを回収するとしようかの」

「おう」

こうして、俺たちはアニマクリスタルを回収。世界樹の元へ戻ろうと森へ帰る。

その最中、デミウルゴスから、

「それにしても旦那様よ、次からは気をつけたほうが良いぞ。スライムの主食はマナそのもの……ゆえに、マナでできた我らの服も、連中にとっては格好のご馳走じゃ。取り付かれたら服を溶かされてしまっておったぞ」

「なっ⁉」

などど、とんでもないことを後になってから伝えられた。

あ、あぶねぇ！　もし俺がスライムの攻撃を受けていたら、最悪の場合、全裸になってた、ってことじゃねぇか！　それによく見たら袖がちょっとだけ溶けてるしっ！

このとき俺は、自分の服が無事であったことに、心から安堵した。

スライムから回収したアニマクリスタルを、さっそく俺たちは世界樹まで持っていった。

ちなみに、俺はスライムの粘液を被った状態で、ドロドロである。

「それで、このクリスタルを世界樹に与えるには、どうしたらいいんだ？」

俺の手には、親指ほどの大きさの青い結晶が六つ握られている。それを、今から世界樹に与えるのだが、方法が分からない。

「うむ、何も特別なことは必要ない。そのアニマクリスタルを、世界樹の種子に近づければよいのじゃよ。そうすれば、世界樹が自動的にそのクリスタルを吸収する」

「わかった。やってみよう」

言われたとおり、俺は世界樹の種子にアニマクリスタルを一つ近づける。

瞬間、クリスタルが、ぽう、と発光し、瞬く間に青く輝く光の玉へと変わった。かと思えば、種子へと吸い込まれていく。そして、種子も同色の光を発し、明滅した。

「これで、世界樹はマナを取り込んだ。さぁ旦那様よ、残りのアニマクリスタルも、全て世界樹に捧げるのじゃ」

「うし」

手の中に残った五つのアニマクリスタルも、全て世界樹に近づけ、吸収させる。

しばらく青く発光し続けた世界樹だったが、次第に元の状態に戻っていく。

「……あんまり、見た目に変化はないんだな」

「それはそうじゃろ。なにせまだスライム六匹分のマナしか与えておらぬのじゃ。まだまだ成長するためのマナは不足しておるよ」

「なるほど」

それもそうか。たかだかスライムの持つマナだけで世界樹が成長するわけはないか。

どうやら、少しばかり気が急いていたようだ。世界が破滅に向かっていると言う事実を前に、俺は自分が思っていたよりも焦りを覚えていたのかもしれない。

「これからもっともっと魔物を倒し、アニマクリスタルを回収していかねばならぬ。より強力な魔物ほど、多くのマナを蓄えたアニマクリスタルが手に入る。しかし、焦りは禁物じゃ。世界樹の種子が、一度にどれだけのマナを取り込めるかもわかっておらん。事を急いで種子を枯らしては目も当てられぬ」

「だな。まだまだ手探りなんだ。お互いに、気をつけていこうぜ」

「うむ」

そうだ。まだまだ始まったばかりだ。これから先、数多くの魔物を倒し、世界樹の生態を見極め、この大地に多くの樹を植えるのだ。そのために掛かる時間は一朝一夕にはいかない。

俺は、トウカが教えてくれた「ことわざ」を思い出す。

『急いては事を仕損じる』

焦りがあるときほど、物事とは失敗するものだ。確かに世界に残された時間はあまり長いとはいえないまでも、今日明日にどうにかなるわけでもない。世界樹の成長は、たとえ急いでいるのだとしても、落ち着いて進めていくべきだ。

それこそ、本当にこの種子が枯れたら、世界は滅びるんだからな。

「さて、種子には無事、マナを与えることができた。今日もあと少しすれば日が沈む。その前に、旦那様よ、食事を済ませてはどうじゃ？　それと、スライムとの戦闘で汚れた体も、洗い清めた方がよいじゃろう」

「ああ、そうか。確かにそうだな」

今日はスライムとの戦闘で、随分と粘液をぶっかぶったからな。

死体が撒き散らした粘液では、服は溶けないようなので助かったが、さすがにドロドロでは気持ちが悪い。デミウルゴスの言う通り、確かに体を綺麗にしたいところである。

「それじゃ、さっきの泉まで戻って、食事と一緒に体を洗っちまうか」

「それがよい」

こうして、俺はデミウルゴスに案内してもらった、ホーリーアップルが実る泉へと向かった

……のだが、

「デミウルゴス、なんでついてくんの？」

「む？　なぜ、とは？」

「いやいや、そこは首を傾げるところじゃない」

さも当然のことであるかのように、俺の後ろにいるデミウルゴス。

ここはもう泉である。先ほど訪れた時と変わらず、泉の周りには真っ白なホーリーアップルがずらりと並んでいる。そろそろ日も暮れそうな空の茜色を映す水面が美しい。

いや、今は景色に見惚れている場合じゃなくて。

「今から俺、水浴びするんだけど」

「うむ、わかっておるぞ」

「うん、ならちょっと離れててほしいんだけど」

「なぜ？」

「いや、だから、水浴びするからなんだが」

「む？　意味がわからぬ。なぜ旦那様が水浴びをするのに、我がどこかへ行かねばならぬ」

「…………」

ええ……そこで本気で分からないって顔をしますか、普通。

デミウルゴスは、人間が持つ倫理観とはまた別の感性で動く。なにせ、俺と戦った二年前から、ずっと服を着ないで過ごすような少女である。とすれば、ここでなぜ俺がデミウルゴスに場を退場してほしいのかという部分も、理解してくれはしないというわけで……そのくせ結婚とかいう人間が使う言葉を使ってきてみたりと、色々と矛盾がある。

これは近いうちに、人間の価値観とか、倫理観とかを学んでもらう必要があるな……もしかすると、いずれデミウルゴスを、人間社会に連れ出す機会も、絶対にないとは言えないわけだし。まぁ、人間に対して嫌悪感がなければ、だけどな。

いや、今は来るか来ないかの未来の話じゃなくて。

「今から、俺は、ここで、水浴びをするからっ、服を脱ぐから！　素っ裸になるからっ！　離れていただけないでしょうか!!」

「ふむ、旦那様がなぜ我を遠ざけたいのか、意味がわからぬな」

「…………」

ああ、もうこれは、俺が諦めるしかないか。

美人に見られながらの水浴びか……どんな特殊プレイだよ。

「はぁ～～……もういい、そこにいてもいいから、できるだけこっちを見ないで……」

「さて、では……ほっ」

「え？　あれ？」

「何をしておる旦那様よ、早く服を脱がぬか」

「…………」

なんと、デミウルゴスは躊躇うことなく、俺の前で服を脱ぎ捨ててしまった。

いや、うん……相変わらず、シミ一つない綺麗な体をして……じゃなくて！

えええええええええ～～～っっ!?

「お、お前っ、な、何してんの!?」

「何、などと。旦那様と一緒に水浴びをするに決まっておろう」

「いやいやいやいや!!　お前が水浴びをするなら、俺は後からっ」

「？？？　どこへ行く？　そのままほうっておいては、粘液が乾いて洗い流しにくくなるぞ」

「う……」

確かに、スライムの粘液は乾くと硬化して、落とすのに難儀することになる。旅をしていたときも、スライムの飛び散った粘液が乾いてしまったときは、水では落とせなくなって、わざわざお湯を準備して剥がす羽目になったっけ。

いや、だからって女性と一緒に水浴びはない！

「むぅ～、いつまでそうしておる！　さっさと脱がれよ！」

「ちょ、うわっ、やめれ！　あ……ああ、あああああああ～～～～」

しかし、俺はデミウルゴスに服を剥かれ、そのまま泉の中へと引きずりこまれてしまった。

彼女は俺の腕を自分の腕でロック、その際に剥き出しの胸が押し付けられる。

「全く、夫婦である我と主が、一緒に水浴びをするのに何を躊躇うことがあるというのだ」

そう言うなり、デミウルゴスは泉の水を使って、俺の汚れを落としにかかる。

「今日の主は頑張ったからのう。我が体を隅々まで洗ってやろう。ふふ、これも妻の務めというヤツよ」

待てっ！　まだ俺とお前はそもそも夫婦じゃな……ちょ！　お前！　どこを触ろうとしてる！

というかデミウルゴスの胸が、体に擦り付けられて、息子がまたしても覚醒する寸前に！

しかも、スライムから被った粘液が、洗い流す過程でデミウルゴスにまで付着して、色々と視覚的にやっぱい！

「ふふ……旦那様よ、今日は一日、ほんにお疲れ様じゃったのう。起きたばかりで戦わせてしまい、申し訳なかった……代わり、と言ってはなんだが、今日はこのあとはずっと、旦那様にご奉仕じゃ。我に身を預けてくれてよいのじゃからな」

結局、俺はデミウルゴスに全身くまなく洗い流され、くたくたになりながら水浴びを終えた。体の水分を魔法で飛ばした後は、ホーリーアップルを一つだけかじって、そのまま、泉の側で寝てしまった。

しかし、よく頑張った俺！　よく耐え抜いた俺の理性！　だが、これから先もあんな肉体的接触があったら、いつかは……いや、今は考えるのはよそう。

今すべきなのは、体にたまった精神的疲労を、少しでも癒すことだ。

追憶2　激戦、そして決着へ

また、夢を見ている。

これは……前回の続きか？

俺とデミウルゴスの、命を賭けた決戦……

この光景は、確か……そう。デミウルゴスが、ようやく動き出したところか。

※

――ついに、来るか。

動き出したデミウルゴスを前に、俺は体にマナを漲らせる。この状況になるのをずっと待ってたんだ。

俺とデミウルゴスが、一対一になる、この瞬間を！

「さぁ、己が愚かさを後悔しながら、逝け！」

怒声と共に、歯車のゴーレムの腕が動き、

「うぉ!?」

拳を真っ直ぐ、俺に向かって突き出してきた。

当たる直前、右に体を投げ出して回避する。そして、今まで俺がいた地面に、奴の拳が突き刺さり、

――バカンッッ!!

「おいおいおい……」

た、ただのパンチの威力が、これかよ!?

深々と地面をえぐるゴーレムの拳。マナも何も使っていないただの打撃が、必殺の威力を秘めているとか、冗談じゃない！　まともに受けたら、俺なんて一瞬でひき肉だ。

通常攻撃でアレなら、他の攻撃……マナを込めた一撃なんて、どれだけの威力があるのか。

おそらく、回避することすら難しいだろう。デミウルゴスはこの世界に存在するあらゆる魔法を会得していると聞く。範囲魔法だってお手の物だろうからな。

そして厄介なのが、なんといっても【魔力障壁】だ。こちらの魔法攻撃は通さず、自分は一方的に魔法を撃ってくる。

ハッキリ言って反則だろ！

完全なワンサイドゲームになる未来しか見えないじゃないか！

だが、その魔力障壁を剥がし、奴に決定的な一撃を与えられるチャンスが、一度だけある。

そのためには、デミウルゴスの隙を突く必要がある。

最も確実なのは、奴が範囲魔法攻撃を仕掛けてきたときだろう。その直後であれば、発動による反動で、僅かではあるが硬直状態になるはずだ。少なくとも、威力のある魔法を撃った術者は、例外なく一瞬だけ動けなくなる。魔法というものを発展させ、研究し尽くしてきた人間が持つ知識だ。たとえ魔神であろうとも、魔法を使う以上は同じく硬直するはず。

その一瞬が勝負の分かれ目だ！

「ちまちまと良く逃げる。確かに当たればただでは済むまいが、そう逃げ回ってばかりでは我を倒すことなどできはせんぞ」

挑発だ。ノッテやる必要はない。俺はただ、待てばいい。

奴が痺れを切らす、その一瞬を。

チャンスを逃すな。一生分の集中力を、ここで全部を使え！

失敗は、許されないんだからな！

「埒があかんな。では、もう一手、先の攻撃を与えてみようか」

デミウルゴスは口を開くなり、魔法陣を空中に展開した。

きた！

と、俺は一瞬歓喜《かんき》するが、展開された魔法陣を確認して気を引き締めた。

違う、あれは範囲魔法の魔法陣じゃない。

俺はソフィアから賢者の力を得ている。魔法の知識もそれなりにあるのだ。そこから導かれる結論からしても、あれは範囲魔法じゃない。あれは……

「潰れるがいい――『ロック・ブラスト』！」

デミウルゴスの前に、巨大な岩の塊が出現する。大きさはゆうに五メートルはあるだろう。

そいつが、疾風のごとき速度で発射される。

「くっ!!」

間一髪、なんとか回避に成功する。

俺のすぐ脇を通り抜けていった岩の塊は、神殿の壁に突き刺さり、彫刻を破壊した。それだけにとどまらず、壁を深く抉って陥没させてしまう。

なんつう、でたらめな威力……

普通のロックブラストは、どれだけ大きくても人の顔と同じ程度の岩を出現させ、撃ち出す魔法だ。威力は確かに高いが……あんな風に巨石を生み出し、壁を破壊できるほどではない。

あの一発だけで、デミウルゴスの魔法が如何に強力であるかを思い知らされる。

凌ぎ切れるか？　いや、凌がなくてはいけないのだ。

範囲魔法が来るまで、どうにか持ち耐える！

「やはり躱《かわ》すか。だが、これはどうかな――『ゲイル・カノン』！」

またしてもデミウルゴスは魔法陣を展開し、魔法を放ってくる。

今度は風属性の魔法だ。圧縮した空気を打ち出す、魔法。あれは目で見て対処するのが難しい、不可視であるがゆえにかなり厄介なのだ。

しかし、俺にはトウカから習得したサムライというジョブを持っている。このジョブには、心眼といわれるスキルがある。俺はこの力で魔法が迫る位置を見抜き、すんでのところで後方に飛ぶ。

瞬間、ごうっ、という突風が俺の体を揺らし、危うく飛ばされそうになってしまう。しかし、俺は剣を地面に突き立てて堪えることができた。

「見えぬ魔法まで躱せるのか。では、次はどうじゃ――」

火の魔法、水の魔法、風の魔法、土の魔法、雷の魔法、氷の魔法、光の魔法、闇の魔法……あげくに幻属性の魔法まで撃ってきやがる。しかも、普通の魔法使いが扱う初級や中級魔法の威力が、全て上級に匹敵する威力になっているのだから、本当に始末が悪い。

だが、俺は耐えた。

奴が放つ魔法を、ことごとく回避してやった。

時には掠ることもあったが、マルティーナのジョブ、聖騎士の力のおかげで、致命傷には至らなかった。この防御力の高さには、本当に感謝しかない。ありがとうな、マルティーナ！

「――はぁ、はぁ、はぁ、はぁ……っ！」

だが、そろそろ俺の体力も限界が近い。

だというのに、デミウルゴスはまだぴんぴんしているのだ。

本当に、嫌になってくるぜ。

「ここまでとは……正直、貴様を甘く見ていた。よもや、ここまで我に魔法を撃たせておいて、それでもまだ立っているとはな。賞賛するぞ、勇者アレス」

「そ、そいつは、うれしい限りだな」

空元気を振り絞って、無理やりに不敵に笑って見せる。

だが、これ以上はやはりキツイ。

まだか……まだなのか。

いつになったら、奴の隙を突けるんだ。

思考が麻痺し始め、焦りが顔を覗かせ始める。


だが、天は俺に味方した。


「よもやちまちまとした規模の魔法では、貴様は滅せぬようだ。であれば、我が一撃の中でも最高の威力と範囲を誇る一撃をお見舞いしてやろう。誇れ。この魔法を誰かに向けて撃つのは、貴様が初めてだ！」

デミウルゴスが、ついに痺れを切らしたのだ。

来た……

来た来た来た来た!!

見たこともない魔法陣だが、あれが奴の最強の魔法であることは間違いない。

あの魔法を耐え切れれば、勝機が見えてくる。

掴め。どれだけか細い勝利への道筋《いと》であっても、そこに活路がある限り、決して放さず、手繰り寄せろ！

「さぁ、この一撃で貴様の血肉と魂を塵と変えてやろう！　全てを消し去る破滅の光――

『カタストロフ・ノヴァ』!!」

「つ――？！！」

瞬間、空間そのものが爆発した。

回避なんてできるはずもない。

そもそも、俺はもとより、デミウルゴスさえ巻き込んだ光の奔流は、もはや想像もできないほどの高熱で空間を焼き、全てを無に帰そうと暴虐の限りを尽くす。とてつもないエネルギーを全身に浴びて、俺は跡形もなく消え去る。

はずだった。

だが！

「これで、貴様との戯れも終わり……何!?」

「――まだ！　終わっちゃいねぇぇぇぇぇっ！！！」

光が収束する中、俺は全身を襲う激痛に歯を食いしばって耐え、爆発の中からデミウルゴスに向かって飛び掛かった。

そして、俺は見る。

デミウルゴスが初めて見せた、驚愕の表情を。

「なぜ……なぜあの一撃を受けて、まだ無事でいられるのだ!?」

「行くぞ、デミウルゴス!!」

奴の疑問に答えてやる時間なんてない。

服や肌が焦げているが、気にしてなどいられない。

今のデミウルゴスは、大魔法を撃った直後の反動で、硬直状態になっている。

この機会を逃せば、次はない。

ここで、決着を着ける！

「うおおおおおおおおっ!!」

俺は剣を投げ捨てる。もう、必要ないからだ。いや、むしろこれからの俺の秘策には、剣は邪魔だった。次いで、俺は魔法陣を体に展開させた。

そのまま、デミウルゴスに突進していく。

「はっ、我に魔法を放つつもりか！　剣で切り掛かればまだ勝機があったものを！　やはり貴様は愚か者よ！」

「そいつはどうかな！　これでも、食らいやがれ！」

「なっ!?」

次の瞬間、俺の体が光輝き、体内で膨大な魔力が膨れ上がる。

これこそ、魔法使い最強の技にして、最悪の魔法。その名も――

「『自爆《ラスト・エクスプロージョン》』！！！」

意図的に魔力を暴走状態にさせ、高威力の爆発を引き起こせる、人間が使う中では最強火力の魔法だ。

「血迷ったか、人間！　よりにもよって、単独《ソロ》であるときに自爆魔法など！」

「はああああああああああ！」

ついに、俺の体が大爆発を起こす。

その衝撃により、

バリン――――ッッ!!

「くっ!?」

デミウルゴスを守る、最強の盾……魔力障壁が、砕けた！

まるでガラスの破片が宙を舞うようにして、障壁がバラバラに飛び散っていく。

「我に一矢報いたか。だが、それでも我には触れることができなかったな。せめて貴様に仲間でもいれば、我を傷つけることもできたのであろうに……っ!?」

終わりを確信し、そんなことを呟くデミウルゴス。

だが！

「――勝手に、終わらせてんじゃねぇ!!」

「き、貴様っ、まだ生きて!?　くっ！」

「ははっ！　ようやく捕まえたぜ！」

「は、放せ！　無礼者が！」

俺は、デミウルゴスに抱きついた。

その細い腰に腕を回し、がっちりとホールドする。

「この！　離せと言っておるのだ！」

「うごっ、ぶへっ！」

デミウルゴスの小さな拳が、俺の顔をボコボコと殴る。

だが、俺は離さない。これから、最後の仕上げが残ってるんだからな。

「何!? き、貴様、まさか『また、自爆魔法を使う』つもりか!?」

「ああ! この至近距離、それも魔力障壁の内側からなら、お前だってタダじゃ済まないだろうからな!」

そう。これが俺の用意した秘策!

最初の自爆魔法を使う際に、同時に最強の回復魔法――【リザレクション】を使用した。

こいつは、一生に一度だけ、瀕死の状態から復帰できる、回復魔法の最終奥義だ。それにより、俺は一度目の自爆から生還し、こうしてデミウルゴスに取り付くことができたというわけである。

まぁ、おかげで服はかなりボロボロだ。上位魔物の素材で作られた服じゃなけりゃ、今ごろは全裸だったな。だがそんなことに構ってなんていられねぇ!

「これで最後だっ、デミウルゴス!!!」

俺の体内で魔力が再び膨れ上がり、急速に濃度を上げていく。そして俺の体から眩い閃光が放たれ、あたり一面を覆いつくす、巨大な爆発が巻き起こった。

白に染まる視界の中で、俺は、

……やってやったぜ。

と、誰にとも無く、呟いた。

四章　火の鳥、来襲！

「起きよ旦那様……朝じゃぞ」

「ぅ……ん～……」

体を優しく揺すられる感覚に、俺は目を覚ました。

さっきまで、随分と懐かしい夢を見ていた気がする。

俺とデミウルゴスの、決着の場面……俺が、自爆魔法を使った、最後の瞬間。

「……まだ眠いのかの、旦那様よ？」

「いや……起きるよ」

耳元に優しい声音が入り込んでくる。そして、ふんわりとした柔らかさを持った、非常に魅力的な重みが体の上に掛け布団のように乗っかっている。

目を向ければ、そこに生まれたままの姿で俺の体の上に陣取っているデミウルゴスがいた。

……こいつは、またか。

俺とデミウルゴスは、森に生える巨大な樹にできたウロを利用し、そこで寝泊まりをしていた。デミウルゴスは「狭いからあまり使いたくない」と言っていたが、俺が使い始めると一緒に使い始めるようになった。狭いとはいっても、天を突くほど巨大な樹にできたウロである。

俺とデミウルゴスが二人で横になることができるスペースはあるのだ。しかも、デミウルゴスは俺の体に覆い被さるようにしているので、さらにスペースを確保できている。

「デミウルゴス、起きるからそこを退いてくれ」

「む？　おお、すまん、すまん……んしょ」

俺は彼女に退いてもらうと、のそりと起き上がった。むろん、その際にデミウルゴスの肌は見ないように気をつける。

「おはようじゃ、旦那様」

「ああ……おはよう」

この森で目覚めるのは、今日で八回目か……

俺はいまだ夢うつつの中にある意識で、そんなことを思った。

「というかデミウルゴス、お前また服を脱いだな」

「……寝るときまで服を着ているのは好かん。窮屈じゃ」

と、このように。デミウルゴスは全裸で寝る習慣があるようで、しかもそんな状態で俺と添い寝をするものだから、毎朝かなり気を遣うのである。

なんとか服を着て寝てもらうか、できなければ添い寝をやめてほしいと言ってはいるのだが、聞き入れてはもらえていない。とほほ……

「旦那様も、いい加減に我の肌に慣れてほしいものなのじゃがな。いつまで経っても目を逸らしよる」

童貞に、そんな無茶言うなや。

などと、ここ最近ではお決まりになってきた会話をしつつ、俺は今日も、魔物狩りに向けての準備を進めた。

※

「――今日は、少しだけ遠出してみようと思う」

「というと？」

森の中を歩きながら、隣に寄り添うデミウルゴスに、俺はそう言った。

「世界樹に与えているマナだが、正直言ってグリーンスライムや【キルラビット】しか狩れてない。言っちまうとアレだが、かなり効率が悪い」

「むぅ……それは、確かにのう」

【キルラビット】とは、ウサギ型の魔物である。小型で気性が荒く、額に三本の鋭利な角を生やしており、突進してきて角を突き刺そうとしてくるのだ。とはいえ、そこまで強い魔物じゃない。毛皮は素材、肉は食料になる。素材はいらんが、肉がとれる部分は重宝している。

が、それはともかくとして。

先にも俺が言った通り、この森の周辺に住んでいる魔物を狩っても、一日に取れるアニマクリスタルは十にもならず、世界樹へ与えることができるマナの量も微々たるものだ。

これでは、俺が直接世界樹にマナを与えた方が効率がいいくらいだ。

「そこでだ。俺に少し考えがあるんだ」

「ほう？」

興味をひかれたように身を乗り出してくるデミウルゴス。

彼女も、現状のマナ回収がうまくいっていないことは自覚しているのだろう。俺がどんな案を出してくるのか興味津々と言った様子だ。

「実は、この森を出て町にでも出ようかと思って…………ん？」

「？　どうしたのじゃ、旦那様？　何か気になることでも……むっ!?」

今後の方針を説明しようとしていた矢先……不意に、俺は妙な気配を感じ取り、言葉を止めた。目の前のデミウルゴスも、どうやら俺と同じように何か感じ取ったらしい。彼女の表情が真剣味を帯びる。

なんだ、この感じ……？　気配がするのは、頭上……空の上？

「このマナの感覚は、まさか……じゃが、『あやつ』が今更、なにゆえここに……」

デミウルゴスは空を仰いで、一人呟く。

どうやらこの気配に心当たりがあるようだ。

「なぁ、デミウルゴス、なんか、妙な気配が空からするんだが……」

「う、うむ。それはわかっておる、そしておそらくじゃが、その気配の正体を、我は知っておる……知ってはおるのじゃが……」

煮え切らない答え。

気配に関して心当たりはあるが、確証がない、といった感じだろうか。

頭上に目を向けているデミウルゴスが、日差しを手で遮るようにしていると、

「来よるぞ……エルフの結界が、破られる」

バリーンッ!!

などというけたたましい破砕音が辺りに響く。

今の音は、まさしくこの森に張られた結界が破壊された音だろう。それと同時に、巻き起こる強風に乗って、翼が羽ばたくときのような音が鼓膜を刺激した。ついで、俺たちを覆うような巨大な影が、空から落ちてきたのだ。

「……よもやとは思うたが、まさか本当にお前だったのか──【フェニックス】よ」

上空から舞い降りてきた巨大な影。

そいつは、黄金色に輝く体に、真っ赤な炎を灯した翼で空を飛んでいた。七色に輝く長い尾羽が神秘的な輝きを放ち、猛禽類を思わせる鋭い眼光でこちらを見下ろしてくる。その色は、デミウルゴスとは違い、まるで翠玉《エメラルド》のようであった。

こ、こいつが四強魔《よんきょうま》のうちの一体……世界に魔物という存在を広げた災厄の元凶……幻獣、フェニックス！

神々しい輝きを全身から発する巨大な鳥。一回羽ばたくだけで、周囲に突風を巻き起こしている。しかし、炎を纏って羽ばたくその姿は、幻想的と言ってもいいほどの美しさを秘めていた。だが、翼の炎が周囲の樹を燃やしている様子はない。もしかすると、炎のように見えるだけで、実際はそうじゃないのか？

「お前がこの世界に生まれ落ちてからこれまで、一度でも我の元に帰ってこなかったというのに、いったい今更、何用だというのじゃ？」

デミウルゴスが目を細め、どこか警戒心を滲ませるようにフェニックスを見上げている。

自分が生み出した存在ではあるが、これまで一度もデミウルゴスの元へは帰ってこなかったという。そんな奴が、今更ここに現れた。そりゃ、警戒の一つもしようというものか。

「なぁデミウルゴス、こいつにそんなことを訊いて、まともに返事が返ってくるのか？　確かこいつらって、知性はないって話じゃ……」

「うむ、そのはずじゃが……どうにもこやつからは、意思のようなものが感じられるのう……」

「意思？」

と、デミウルゴスと俺が訝しむ様にフェニックスを見つめていたら、

『お久しぶりでございます、我が創造主、デミウルゴス様。このフェニックス、数千年ぶりに、帰還いたしました』

「「っ!?」」

しゃ……喋った!?

いきなり言葉を発したフェニックスに、俺はもちろん、デミウルゴスも目を見開いている。

ゴブリンやオークなど、人型の魔物であれば多少は言葉を話すことは稀にある。だが、大抵の場合は片言で、まともに意思疎通を図ることはできない。ましてや目の前にいるような鳥型の魔物が喋ったところなど、俺はこれまで一度だって見たことない。デミウルゴスも、四強魔《よんきょうま》

に知性はないと言っていたはずだ。しかし突如飛来したフェニックスは、流暢に俺たちの言葉を使ってみせたのだ。さすがに驚愕を禁じえない。

「お、お前、喋れたのかの⁉　いつの間に」

『長く俗世を渡り、いつの間にか私も、言葉というものを覚えました。そしてそれに伴い、感情も芽生え、知性を身に付けるに至ったのです』

「それもそうか……お前たちを生み出してから、もうどれだけの時が過ぎたのか、我もほとんどおぼろげじゃ。じゃが、それだけの時間が経ったのであれば、こうして言葉を交わせるほどになっていたとしても、なんら不思議ではないのかのう」

『ええ、全く……それに、こんなこともできるようになったのですよ』

と、急にフェニックスの体が光り輝くと、徐々にその姿が小さくなっていき、そして……

「は？」

「どうですかデミウルゴス様！　すごいでしょ！」

目の前には、一人の幼女がいた。

起伏に乏しい小さな体に、炎のような真っ赤に輝くセミロングの髪。しかしもみ上げの部分が異様に長く、七色に輝いていた。瞳はフェニックスの状態と変わらず翠玉《エメラルド》。

そして、完全な真っ裸であった……

アウト！

いやもうアウトだよ！　元がでかい鳥だとか関係なく、その幼女の見た目でまっぱは完全にアウト！

しかも姿が変わったときのこいつの口調、ちょっと幼くなってなかったか？

「む、フェニックスよ、まさか人間の姿に擬態できるようになっておったのか？」

「はい、その通りです！　というよりも、デミウルゴス様と同じようなお姿になりたいと思って、頑張りました！」

やっぱり、ちょっと幼い感じになってるよな、見た目どおりというか……

「おお、そうであったか。しかし、人間の姿であれば、服を着なければいけないようであるぞ。どれ、我が特別に作ってあげるとしようかの」

「え!?　デミウルゴス様から服をいただけるんですか!?　嬉しいです！」

「うむうむ、素直な奴じゃのう。では、早速作ってやろうか」

ほっ……よかった。どうやらデミウルゴスが服をあいつに作ってやる話になったようだ。

俺は胸を撫で下ろした。なんというか、あの見た目の全裸幼女と一緒とか、心臓に悪すぎる。

完全に俺の存在が置いてけぼりを食らっているが、今はそれどころじゃない。

そもそもこいつが何故、ここに来たのかという理由がいまだわからないのだから。

「して、そこまで知性を身に付けておきながら、なぜ一度も我の元へ戻ってこなんだ」

「それは……私は、デミウルゴス様よりいただいた、人間を滅せよという指令を全うしようと、日々、奔走してたからです……全ての人間どもを根絶やしにした暁には、デミウルゴス様の下へ戻ろうと、そう心に決めていました……でも」

途端、フェニックスが俺に向かって首を動かし、じろりと睨んできた。

うわぁ、滅茶苦茶こっちに敵意を飛ばしてきてるよ。

しかし、すぐにフェニックスと俺の間に、デミウルゴスが割って入ってきた。

「デミウルゴス様の急に気配が消えて、私すっごく焦ったんですよ！　僅かな痕跡を辿って、今までずっと捜してたんですから！」

「そうじゃったか……それは、随分と心配をかけてしまったようじゃのう、すまぬ」

「はい。デミウルゴス様の無事を確認できないと、とても使命を果たせる状態じゃなくなって……ですからこうして、ようやくあなた様を見つけることができた私は、歓喜《かんき》したんですよ……なのに……なのに～～～～っ……」

なんかフェニックスが体をぴくぴくさせて、何かに耐えるようにして震えていらっしゃる。

そして次の瞬間、俺は質量を感じるほどに濃密な憤怒の波動に晒されたのだ。

「なぜ……なぜここに、人間がいるんですかっ、デミウルゴス様!!」

凄まじい怒気である。

常人ならこれだけでショック死するレベルだぞ、これ。

肌がびりびりと痺れ、ぞわりと鳥肌が立つ。幼女の姿になっていても、さすがは幻獣と呼ばれる最強の魔物ということか。

「落ち着くのじゃフェニックスよ。これまでに起きたこと、そして今の状況も説明する。それと、この人間……我の夫のことも、全てのう」

「お、夫⁉　こいつが、ですか⁉」

「うむ……その、我とこやつはの……その、夫婦になったのじゃよ」

そう口にするなり、デミウルゴスは朱のさした頬を両手で挟み、相好を崩した。

「な、な、な——っ⁉」

やめて下さいデミウルゴスさん、フェニックスさんが今にも俺のことを殺しに来そうになってるから！

デミウルゴスの恋する乙女な姿に、フェニックスの髪がぶわっと広がった。

心なしか、火の粉が舞っているようにも見えるんだが……

「……ああ、もう……勘弁してくれ」

その後、デミウルゴスが俺たちのことをしっかりと説明するまで、かなりの時間を要した。

「——つまり、この男はデミウルゴス様をキズモノにした下衆であると、そういうわけですね」

「キズモノにはされたが、こやつはそこまで下衆ではないぞ。いや、我に求愛してきたことを忘れている部分は、確かに腹に据えかねる部分ではあるがの」

おおいっ、待て待て待て！

なんだかその会話の内容だけだと、俺がとんでもないクズ野郎みたいじゃないか。いや、まぁ確かにクズなことはかなりしてきた自覚あるけどさ……二年前に。でもさぁ、デミウルゴスの件に関しては仕方ないじゃないか。お互いに命懸けだったわけだし。

いや、しかし……俺の方からデミウルゴスに告白した、って部分か。そっちをいまだに思い出せない、ってのは、俺も罪悪感を覚えてはいる。そのせいか、どうにもまだデミウルゴスからの好意を受け止め切れていないのも事実だ。

デミウルゴスは、フェニックスに俺と戦って力を失ったこと、しかしその戦いで世界樹の種子が生まれ、今はその種子を育てている最中であることを説明した。しかし、その話の中で、俺への愚痴まで飛び出す有様であった。このように……

「我としては、一刻も早く旦那様に覚悟を決めてもらい、我と共に子作りなどに励んでほしいと、常々思っているのじゃがなぁ……のう、旦那様よ」

「う……」

じと～、という非難が込められた視線に、俺はそっと顔を逸らしてしまう。

情けない、とは自分でも思うが、やはり変に流されてデミウルゴスと付き合うのは違う気がする。かといって、それがこのままいつまでもズルズルと答えを先延ばしにしていい言い訳にもならない。とは言ったものの、俺自身がデミウルゴスをどう思っているのか、それがいまだにわからない。

はぁ……ほんと、このままだと本当のクズになっちまうなぁ、俺。

「しかしデミウルゴス様、世界樹が種子を生み出したというのは本当に驚きました。ですがその代わりに、デミウルゴス様はほとんどお力が……いくらコアをあのクズに傷つけられたからって、ここまで脆弱になってるのは、やっぱり世界樹のためなんですよね」

「うむ、その通りじゃ。しかしじゃ、我は悲観などしておらぬ。あの種子は世界の希望。それを守り、育むためとあらば、我は喜んで己のマナを与えよう。それに、我が戦えなくなった分、そこにいる我の旦那様が、しっかりと助けてくれるのじゃ」

「むぅ……」

と、デミウルゴスが俺に信頼の満ちた視線を向けてくる。

しかし同時に、フェニックスからは不機嫌そうに眉根を寄せた目を向けられてしまった。

「デミウルゴス様……私はもう長い間、魔物を生み出し続け、そろそろ全盛期の力は失いつつあります。デミウルゴス様からいただいたマナを、もうすぐ使い切ってしまいそうなのです」

「ぬ？　それはまことか？」

「はい……ですから私は、残った最後のマナを、全て世界樹に捧げます……そうすれば、きっと世界樹もいっぱい成長できると思います！」

「しかし、そんなことをすればお前は……」

「はい……きっと体を維持できなくて、消えてしまいます。でも、それが世界のため、デミウルゴス様のためになるなら、喜んでこの命を捧げます！」

「フェニックスよ、お前……」

おお、なんという献身的な忠義だ。

主君のためならば、命も顧みない。見た目は幼女だが、中身はしっかりと成熟しているようだ。子供っぽい言葉遣いとは裏腹の、決意に満ちた宣言。正直、目を見張るものがある。

「ですがその前に…………おい、そこの人間っ！」

が、フェニックスは先程までとは打って変わって、目を吊り上げると俺の方を指差した。

「お、俺……？」

「ここに、お前以外の人間はいないでしょ！　バカなの!?」

「ええ……」

なんか、すごく懐かしい感じの罵倒を聞いた気がする。

二年前は、よくマルティーナから「あんたバカなの!?」と言われていた。出会った頃はおしとやかな少女だと思っていたが、しばらく付き合ってみるとかなりのお転婆であることが判明したのだ。懐かしいなぁ。

なんて思い出に耽っていると、

「私は、お前がデミウルゴス様の夫だなんて、絶対に認めない！　どうせ汚い手を使って、デミウルゴス様に迫ったに違いないんだから！　私が消える前に、お前を消し炭にしてやるわ！」

「ええ～……」

ああ、うん。なんとなく、こうなるような気はしていたよ。

それで、この後に続くフェニックスの言葉だって、ほぼ完璧に予想できるというものだ。

「さぁ、私と戦いなさい、人間！」

ほらな。やっぱり予想通りだった。

俺に向かって、ビシッと指をさしてそう宣言するフェニックス（幼女）。

幼くも整った顔立ちの彼女。しかし今、フェニックスの翠玉《エメラルド》のような瞳には、強い敵意が込められていた。

「お前なんか、私の炎で一瞬にして燃やし尽くしてやるから！　覚悟しなさい！」

途端、フェニックスの手から火柱が上がった。

「うぉっ!?　なんつう火力！」

ジリジリと力強い熱風を巻き起こす炎。当たれば俺の体など、本当に一瞬で炭になってしまうだろう。

俺は姿勢を低くして、臨戦態勢を取る。いつでも攻勢に転じることができるように、体をマナで強化する。

「ははは、消えろ人間！」

フェニックスが、火柱を火球に変化させ、投球でもするかのように振りかぶる。だが、

「やめよフェニックス!!」

「ひぅっ……デ、デミウルゴス様………？」

デミウルゴスの一喝で、フェニックスは体をビクッと震わせ、その手から火球が消滅した。

「この森は世界樹を守るための聖域であるぞ。お前はその森を、世界樹ごと燃やし尽くすつもりか!?」

「ち、違います！　私は、このクズ男を消そうと思っただけで……その、あの～……」

叱責を受けたフェニックスは、本当に子供のようにオロオロしながら、手を組んだり指先を

つついたり、更には視線を泳がせたりしてビクビクしている。完全に親に叱られている女の子である。

「フェニックスよ」

「は、はい！」

デミウルゴスに名前を呼ばれたフェニックスは、体を直立の姿勢にして、勢いよく返事する。

「森に火を放ちかけたことに加え、我が夫に対して『クズ人間』などと暴言を吐くとは……お前、一体何様のつもりじゃ……」

「ひっ！」

デミウルゴスから、絶対零度の怒気を孕んだ声がフェニックスに放たれる。

うわぁ……あれは怖い……

俺がデミウルゴスと戦ったときも、あんな感じで冷たい怒りをぶつけられたんだよなぁ。その後に激昂したデミウルゴスもなかなかの迫力があった。しかし、やはりああして誰かが静かな怒りを向けられているのを見ると、心臓が縮み上がりそうになる。

「デ、デミウルゴス様？」

「フェニックスよ、たとえお前が我の生み出した魔物……いや、眷属だとしても、我の旦那様に対して無礼を働いていい理由にはならん……先ほどの『クズ人間』という言葉、即刻取り消されよ」

「で、ですがデミウルゴス様！　人間は身勝手な劣等種です！　自分たちが世界を壊している元凶だというのに、それにも気づいていない愚か者たちなんですよ！　そこの男だって、生きている価値なんて！」

「黙らぬか!!」

「っ!?」

デミウルゴスから裂帛《れっぱく》が放たれ、フェニックスは完全に萎縮してしまった。

「確かに、人間は身勝手よ。世界が危機に瀕していることにも気づけないでいる。ああ、確かにお前が言うように愚か者だろう。それゆえに、我もかつては人間どもを根絶やしにしようとしたのだから」

うぅ……同じ人間として耳が痛い……

俺はデミウルゴスの言葉に汗を流して顔を逸らした。

「お前の言う通り、こやつは人間……じゃが、曲がらぬ信念を持った、真っ直ぐな男じゃ。それに、無力となった我と共に、世界樹を支えてくれると約束してくれた。そんな我が最愛の男を貶されるなど、どうして許せようか」

「う……デ、デミウルゴス様……なんで、そんな人間の男なんかに、そこまで……」

フェニックスが困惑の表情を浮かべる。

しかし戸惑うフェニックスを横目に、俺は顔が盛大に熱くなるのを自覚した。

いやだってな、あそこまで真っ直ぐに信頼を言葉にされたら、誰だって照れるだろうが。ああ、くそ！　顔どころか体まで熱くなってきたぞ！

「うぅ〜〜、それでもっ、やっぱり納得なんてできません！　そもそも、デミウルゴス様が弱くなったのは、その人間のせいじゃないですか！」

「うっ……」

「しかも、こんなにデミウルゴス様が愛を示しているというのに、いまだに態度を決めていない！　優柔不断な男なんて最低なだけですよ！」

「ぐほっ……」

うぅ……知ってるよ。知ってたけどさ。何もそこまでズバズバ言わなくてもいいじゃん……しくしく。

「だいたいっ、デミウルゴス様と世界樹を、この男が本当に守れるのか私は疑問です！　正直、全然強そうには見えません！」

「ぐはっ！」

フェ、フェニックスの奴、俺の精神に更なるダメージを……

「ぬぅ……我があれだけ言っても納得せぬか……では仕方なかろう。旦那様よ、少しばかり手合わせをしてやってはくれぬかの？」

「え？」

「こやつが我を思って、こうして逆らってくることがわかるゆえにな、これ以上は我もキツく当たれぬ。であれば、主に力を示してもらい、否応にも納得してもらうしかあるまいよ」

ああ、やっぱり最後はそういう結論になるんだな。

　まぁ、遅かれ早かれ、フェニックスと俺は戦うことになっていただろう。だって、あいつ俺に敵意やら殺意やらを全力で送ってくるんだぞ。言葉だけで解決しないことは、なんとなくわかっていたよ。

「じゃが、はじめに言うておくが、フェニックスよ、こやつはお前より、ずっと強いぞ」

「っ!!」

　途端、フェニックスから漏れる俺への怒気やら殺意やらが一気に膨れ上がった。敬愛する主から、嫌いな人間よりも弱い、と言外に言われて、キレてしまったのだろう。

「は、はは……わ、私が、人間よりも、弱い……いくら私の力が全盛期より衰えたとはいえ、これでもこの世界では最強の一角であることを誇りにしていたんですけどねぇ……ふ、ふふふ」

　ゆらりと幽鬼のように体を揺らして、俺を睨みつけるフェニックス。瞳から光が消えて、どす黒いオーラを全身から放出し始めた。

「場所を変えましょう、人間。ここじゃ森が燃えて、デミウルゴス様に怒られちゃいますから、外に出ましょう……そこで、塵も残さず燃やしてやります」

　で、俺は森の外にある草原まで出て、フェニックスと対峙することになった。

　その道のりで、デミウルゴスはしきりに「すまぬ」と謝罪の言葉を口にしていた。

※

「これだけ離れれば、私も思う存分、力を振るえるというものです。ありがとうございます、デミウルゴス様！　それじゃ人間……早速だけど始めましょうか!!」

　森からそれなりに歩いて距離を取り、被害が出ないように気を遣う。この距離なら、万が一にも森に被害は出ない筈だ。離れた位置では、デミウルゴスが見届け人のようにして立っている。

　俺たちはお互いに距離を五十メートルほどあけて向き合い、ついに戦いが始まった。

「ふふん。矮小なその身で、四強魔《よんきょうま》の一人である私と相対できること、光栄に思いなさい！」

　そう口にすると、フェニックスの全身が炎に包まれ、一瞬にしてその姿が変化した。

「っ!?」

「ほぉ……フェニックスめ、擬態の応用で姿を変えよったか。なかなか器用な真似をする」

　と、デミウルゴスが感心したように頷く。

　炎が弾け、中から出現したフェニックスの衣服は、完全にその形を変えていた。さながら鳳《おおとり》の翼を連想させる真っ赤な衣装。そして彼女の頭部からは、鳥の翼がミニチュアのようになって生えてきていた。しかも姿が変わった途端、明らかに彼女の体から溢れるマナの量が増えた。

「――さぁ！　まずは小手調べよ！」

　開始直後、フェニックスは手に特大の火球を生み出し、俺に向かって投げつけてきた。成人した大人の男性を、すっぽりと飲み込むことができるほどに巨大な火の玉。おまけにかなり速い！

　しかし俺は、その一撃を悠々と躱してみせた。

通り過ぎさまに、強烈な熱波が髪を焦がす。俺を捕らえ損ねた火球は草原で大爆発を起こし、地面を真っ黒に焦がした。

「そうよね、デミウルゴス様にキズを負わせたんだもの、これくらいは軽くいなしてくれるわよね。それじゃ、これはどうかしら！」

「うぉ!?」

今度は、炎を鋭く捻じるようにして、無数の炎槍を空中に出現させた。

「行け！【ヴォルカニック・ランス】！」

フェニックスの声と同時に、炎の槍が高速で打ち出された。迫る速度は、先ほどの火球の比ではない。

俺は舌打ちをして、両腕を顔の前に突き出す。

「――水霊よ、我を守れ……【アクア・シールド】！」

水でできた盾が俺の前に出現し、迫る槍を防ぐ。

しかし炎と水が衝突したことにより、水蒸気が発生。互いの視覚を奪うこととなった。

「へぇ、やるじゃない。並の魔法程度なら貫けないモノはない私の槍を防ぐなんて、人間にしてはなかなかね……って、わぁ！」

余裕ぶっているフェニックスに、俺は水蒸気を突破して肉薄する。

目を見開くフェニックスに、俺はマナで強化した掌底をお見舞いする。

しかし、フェニックスは体を捻って俺の攻撃を避ける。彼女は、そのままの勢いで後方に大きく飛び退いた。

「体格が小さくて、狙いにくい、なっ！」

「そう言う割には、こっちの急所を的確に打ち抜こうとしてたじゃない！」

「そりゃ、最強クラスの魔物を前に、下手な手加減なんてできるわけがないからな！」

「ふん、人間のくせに偉そうに！」

お互いに、最初の様子見は空振り。

さて、次の一手はどう行くべきか……

状況をふりだしに戻して、俺とフェニックスの距離が再び開く。

「魔法攻撃でダメなら、今度は肉弾戦でいくよ！」

フェニックスは両の拳と足に炎を纏わせると、草原の地面に黒い軌跡を描いて突っ込んできた。

全身をマナで強化しているのだろう。初動からトップスピードに乗るまでの速さが尋常ではない。ほとんど瞬く間に接近を許してしまった。

「ちっ！」

思わず舌打ちが漏れる。

正拳突きからの裏拳、それを回避したと思えば回転の遠心力をそのまま利用しての回し蹴り。

擬態で人間の体を使っているはずのフェニックスの動きは、熟練者のそれであった。

「ははは！　逃げるだけで手も足も出ないの!?」

「くっ！」

当たれば拳による物理ダメージはもちろん、纏った高熱の炎による火傷も負わされる。面倒かつ厄介な攻撃だ。しかし、

「その程度の体術なら！」

「ええ!?」

俺は突き出されたフェニックスの拳を回避しながら、炎が出ていない腕の部分を平手で跳ね上げる。それにより胴体があく。俺はすかさず無防備になった腹部に拳を叩き込んだ。しかし、

「舐めるなっ!!」

フェニックスは咄嗟に拳と腹部の間に自分の腕を割り込ませ、俺の攻撃を防ぐ。

それでも衝撃により体は飛ばされ、地面を数回バウンドしながら地面に倒れた。

「げほっ、げほっ……やってくれたわね！」

土に汚れた顔を上げて、すぐに立ち上がるフェニックス。いまだ闘志は衰えず、鋭い眼光で俺を睨み付けてくる。

「もう容赦しないんだから！」

と、フェニックスが両手を頭上に掲げると、その足元に極大の魔法陣が出現、彼女の周囲に火の粉が舞い始めた。それと同時に、フェニックスの体がスパークし、マナが急速に膨れ上がっていくのが見てとれた。

「この魔法で一気にケリを付けてやるんだから！　覚悟しなさい！」

凄まじいマナの密度だ。かつてデミウルゴスが使ってみせた魔法ほどではないが、確実にこの辺り一帯を吹き飛ばせるだけの威力を秘めていることはわかる。最悪、デミウルゴスも巻き込む一撃が放たれるかもしれない。

「ははは、全部、全部っ、吹き飛ばしてやる！」

あ、これは完全にキレちゃってるな。

このままいくと、本当にデミウルゴスも被害を受ける。俺だけならあの魔法を凌ぐくらいはできるかもしれないが、今のデミウルゴスじゃ……

「あのバカ……頭に血が上って見境なくなりやがったな……」

このまま魔法を撃ったら、デミウルゴスまで魔法攻撃の巻き添えを食うことに、フェニックスは思い至っていない。もう俺をいかに殺すかしか頭にない様子だ。

どうする……このまま魔法の発動を許すのも危険だが、あれだけのマナが密集しているところに下手な干渉をするのもよくない。最悪、制御を失ったマナが暴発、なんてことになりかねない。結局、魔法を撃たせても途中で妨害しても、最後は大爆発の恐れがあるのだ。

どうするよ、俺……

「旦那様よ、いつまで遊んでおるんじゃ！　我と命を共有しておるなら、『我の力の一部も使える』と言うたはずじゃ！　はよう決着を着けよ！」

「っ！」

そうか。俺は今、デミウルゴスと一心同体。デミウルゴスが持っている力を、俺も使える状態ということは、もしかしたら『アレ』も……

確証はないはずだが、使える、という感覚が、俺の中にはあった。

やってみる価値はあるか。どの道、この状況をどうにかするためには、やるしかないんだ！

「〜〜〜っ！　デミウルゴス様から激励をもらえるなんて、なんて羨ましいっ、妬ましい！

お前は絶対に殺す!!」

目を血走らせたフェニックスが、いよいよ魔法を完成させようとしている。

彼女の頭上には巨大な火球ができあがり、強烈な熱波を放出している。もはや小さな太陽と言っても過言ではない。

「さぁ！　その汚い魂ごと蒸発しろ！　――【ソル・エクスプロード】!!」

ついに、フェニックスの魔法が完成、小さな太陽が落ちてくる。

その速度は決して速くはない。しかし、もしあれが地面にぶつかれば、とてつもない大爆発を引き起こす。その効果範囲から逃れることは、おそらくできない。瞬間移動の魔法でも使えない限り。ゆえに、あの速度でも、十分に相手を殺せるのだ。

それを判断した俺は、魔法の発動と同時に、デミウルゴスに向かって走り始めた。マナにより極限まで強化された足を全力で回転させ、走る。

それと同時に、俺は意識を集中させた。体の内側にいるはずの存在……そいつに呼び掛ける。

来い……

「む？　旦那様、なぜこちらに走ってくる？」

この状況で、誰も死なずに済ませるには、お前の力がいる。だから、俺の呼びかけに答えろ……

「ちょっ、お前っ！　なにデミウルゴス様に向かって行ってるんだ！　あああ!?　魔法がそっちに!!　やめろ行くな離れろバカ～～～!!」

俺の力だけじゃ、デミウルゴス『しか』守れない。あの魔法は、きっとフェニックス自身も巻き込む。そうなれば、いかに四強魔《よんきょうま》でもただでは済むまい。最悪、あいつが死ぬ。

それは、ダメだ。

あいつは俺に敵対的ではあるが、デミウルゴスの生み出した、家族みたいなもんだ。それすらも、俺はできることなら守ってやりたいと思う。

だから……来いっ、俺の元に……――！

《……御意》

「っ!?　デミウルゴス！　姿勢を低くしてろ！」

「？　こうかの？」

声を上げた俺に従い、デミウルゴスがしゃがんだ。

というか、特大の魔法が迫っている中で、ほとんど表情が動いてねぇ。なんつう胆力。

だが、ことここにいたっては助かった。

下手に動かれたりしたら、守れないからな。

「ちょ!?　もう魔法の中断はできないのよ！　そっちに行ったらデミウルゴス様が巻き込まれるじゃない！」

あのな〜〜〜……言ってやりたいことはしこたまあるが、今は無理だ。

あの太陽が地面に落ちる前に、デミウルゴスとフェニックス……両方が俺のそばにいなくてはいけないのだ。でなければ、どちらも助けられない。

だが、そのための準備は、できた！

「っ!!」

俺は太陽が地面に落ちるまでの残り僅かな時間、俺は走りながら、声を上げた。

「我が呼び声に応え、今ここに降臨せよ……出ろ——【終焉皇《デウス・マキーナ》】!!」

「え？　うわぁっ!?」

途端、フェニックスの周囲に膨大なマナが収束し、魔法陣が展開される。

その中から、歯車を組み合わせてできた、二メートルほどのゴーレムがせり出して来たのだ。

「こ、こいつって、まさかデミウルゴス様の終焉皇《デウス・マキーナ》!?　え!?　何で人間が!?」

すぐ目の前にせり出してきた歯車のゴーレムは、大魔法を放って硬直するフェニックスをむんず、と抱え上げると……

「ちょ、離せ！　こら！」

暴れるフェニックス。しかし体は大魔法の反動で動かせず、抵抗できない。

俺はフェニックスを抱えた終焉皇《デウス・マキーナ》――【デウス】に、大声で命令を発動する。

「デウス！　そのバカを捕まえたまま、デミウルゴスのところまで跳べ！」

《御意》

「きゃあ！」

すると、デウスはフェニックスを抱えたまま、とんでもない跳躍力を発揮し、すぐにデミウルゴスの元まで到着してしまう。

そして、役目を終えた終焉皇《デウス・マキーナ》は、空気に溶けるようにして姿を消してしまった。が、抱えられていたフェニックスは、そのせいで地面に落ちてしまう。

「ふきゅん！」

「ふむ……旦那様はこやつを召喚したか。即席で顕現させるとは、さすがよのう。ふふ……」

「デ、デミウルゴス様！　に、人間が、人間が終焉皇《デウス・マキーナ》を！」

「騒ぐでないフェニックス。あとで全て説明してやる」

「え？」

なんてのんきな会話をしているデミウルゴスとフェニックスに向かって、俺は声を上げた。

「おい、そこの二人！　動くなよ！」

「む？」

「え？」

俺が声を発した瞬間、背後で太陽がついに地面と接触。瞬間、視界を覆いつくす灼熱の奔流が、辺り一帯を飲み込んだ。

しかし俺は、デミウルゴスたちを背にするように振り向き、両手を真っ直ぐに伸ばして魔法陣を展開。迫り来る爆発を前に、俺は、

「――障壁……展・開！」

かつて『デミウルゴスが使用していた』、【魔力障壁】を発動させた。

その形は球形。青みを帯びた丸い膜が、俺とデミウルゴスたちをすっぽりと覆った。

「なっ!?　こ、この魔法は！　デミウルゴス様の魔力障壁!?　えええっ!?」

発動とほぼ同時に、爆風と熱波が障壁を襲う。凄まじい衝撃が腕に伝わってくるのがわかる。

「くっ……おおおお!!」

俺は体内のマナを全力で障壁につぎ込み、爆発をやり過ごす。

もうもうと立ち込める煙が晴れていくと、そこは凄惨たる有様となっていた。

俺たちが立っている地面以外、ほとんど真っ黒になっていた。しかも爆心地は、あまりにも強烈な熱を浴びたせいで、一部がガラス化してしまっている部分もある。どれだけの高熱が地面を焼いたのか、考えるだけでも恐ろしい。

だが、俺はその凶悪な魔法を、どうにか防ぎきった。そのことに、心の底から安堵する。

しかし……

「っ！　おい人間！　今のは何よ!?　なんでお前が、デミウルゴス様の魔力障壁を使えるの!?　それだけじゃないわ！　終焉皇《デウス・マキーナ》まで召喚して！　お前はいったい何なのよ!?」

「…………」

俺はこの大騒ぎする鳥娘に、結構、というか、かなり怒りを覚えていた。

なにせ、これだけの規模の魔法を使えば、どれだけの範囲に被害が及ぶか、己の力をしっかりと理解し、制御できていなければならない。しかしフェニックスはそれを怠り、デミウルゴスはおろか、自分すらも魔法の効果範囲に入れてしまったのだ。だというのに、そのことを反省する素振りもない。

「答えろ！　今の魔法はどうやって使ったの!?」

ああ、そういえばデミウルゴスは、俺と彼女が今は命を共有しているという話をフェニックスにはしてなかったな。まー、今はそれすらもどうでもいいか。

それよりも、

「早く答えろ！　しかもさっき、デミウルゴス様がお前と命を共有しているとかとんでもないことを……」

「とんでもねぇのはお前だ、ボケ――――ッッ!!」

「ぎゃふん！」

俺は、まさしく鳥のごとくさえずるフェニックスの言葉を遮り、彼女の脳天に拳骨を叩き落とした。拳を受けたフェニックスは頭を押さえてうずくまり、目に涙を溜めている。

「い、いきなり何する……ぎゃん！」

涙目で睨みつけてくるフェニックスに、俺はもう一発拳を落とした。

「〜〜〜〜〜〜〜っ」

「う、うむ……なかなか痛そうじゃのう」

俺とフェニックスのやり取りを見ていたデミウルゴスが、唖然としながら呟いた。しかも頭に手を置いて顔をしかめている。痛みを想像してしまったらしい。

「フェニックス、お前はバカか？　アホなのか？　それともバカなのか？」

「な、何でバカって二回言った……ぐふっ」

口答えしてきたので、もう一回拳骨をお見舞いしてやった。

「いいか！　あの魔法は威力がありすぎる！　見ろ、この惨状を！」

焼けて黒くなったり、ガラス化した地面。その範囲は、俺の視界に入る限り、かなり広い。

「おまけにお前！　この効果範囲にデミウルゴスやお前が巻き込まれることを考えてなかっただろ！」

「あ」

こ、こいつは……今、俺に言われて初めて気がついたって顔してやがる。正真正銘のバカだ。

そしてこの後、俺はしばらくフェニックスに説教を続けた。トウカの故郷にある正座という座らせ方をさせ、足が痺れてきたという泣き言も無視して、俺はフェニックスがやらかしたバカな行いを、叱責し続けた。

お説教が終わったのは日も暮れそうになった頃で、そのときにはもう、フェニックスは魂が外に出た抜け殻のようになっていた。

ここに、俺とフェニックスの勝負の決着がついたのである。

※

俺とフェニックスが戦った日から、もうすぐ三日が過ぎようとしていた。

勝敗は俺に軍配が上がり、フェニックスの敗北。

俺とデミウルゴスどころか自分自身も魔法の効果範囲に入れちまったフェニックスを、俺は徹底的に叱りつけた。

しかし、フェニックスは俺のお説教の後、自分が敬愛するデミウルゴスを魔法攻撃に巻き込んでしまった可能性があったことに気付かされ、フラフラになりながらも自らの命を絶とうとしたのだ。

『ごめんなさい、デミウルゴス様！　頭に血が上ったとはいえ、デミウルゴス様を危険に晒してしまいました！　この罪は、私の命をもって償います！　私が死んだ暁には、私のマナを世界樹にあげてください！　それでは、さようならデミウルゴス様!!』

などと矢継ぎ早に言った直後、本当に自害しようとしたものだから、俺とデミウルゴスは慌てて止める羽目になった。

この時も、デミウルゴスの言葉がきっかけで思いとどまってくれたのだが。

『反省しておるなら、我と共に、世界樹の守護に協力してくれ。お前がおれば、世界樹の護りも硬くなるゆえな。それに、せっかく数千年ぶりに再会したのじゃ。これでお別れなど、寂しいではないか』

『デ、デミウルゴス様〜〜〜っ』

と、感動に震えたフェニックスは、デミウルゴスの手を取って、自害を断念。こうしてフェニックスは、世界樹を護る一員として、正式に俺たちの仲間に加わったのである。が…………

「おい、アレス。お前、なぜデミウルゴス様の愛をさっさと受け入れないんだ？」

「いや、それは……」

フェニックスは、俺のことを名前で呼ぶようになった。

距離が近くなったのかと訊かれれば、そういうわけではないようで、ただ単に人間、という呼び方よりもアレスという呼び方のほうが楽だから、という理由らしい。まぁ要するに、まだフェニックスは俺のことを認めていないってことだな。

俺はデミウルゴスと命を共有していることで、彼女が持つ能力を自分の力として扱えるようになっていた。フェニックスとの戦闘で使った【魔力障壁】も【終焉皇《デウス・マキーナ》】も、どちらもデミウルゴスの力だ。

正直、あの力を——完全な再現ではないにしても——使い得てしまったことは、俺の中でも小さくない衝撃だった。実際、フェニックスとの戦闘で、俺はフェニックスを相手にしながら、そこまで彼女を脅威だとは感じなかった。それは全て、俺の力が全体的に強化されているという事実があったから……もしかしたら俺は、自分の力を無自覚にも、どこかで認識していたのかもしれない。

フェニックスには、俺とデミウルゴスがお互いに命を共有している件に関しての説明はしてある。なぜ俺がデミウルゴスの力を使えるのか、話しておく必要があったからな。

一通りの説明を終えてからは、さらにフェニックスは俺に突っかかってくるようになった。

正直、相手をするのがめんどくさい。今も、デミウルゴスの示す好意に、俺が明確な言葉を返していないことを突っ込まれていた。

「煮え切らないんだから！　デミウルゴス様が毎日毎日、あんなにアピールしているのに、いつも顔を逸らしたり、その場からそそくさといなくなったり！　答えを出さないばかりか逃げてばかりじゃない！　男として恥ずかしいとは思わないの!?」

「う……それは、俺だって情けないとは思うが……」

「だったら！」

「でも、やっぱり俺にはわからないんだ、あいつのことを、俺がどう思ってるのか……それがハッキリしないうちから、相手の好意だけを受け取ることはできない」

恋愛とは一方通行ではない。お互いの気持ちという部分が交差して初めて、愛は育まれるものじゃなかろうか。相手が好意を向けてくれているから、じゃぁ付き合ってみるか、というのは、何かが違うと思うんだ。

が、フェニックスはそんな俺の考えに眉根を寄せて、不機嫌そうに唇を尖らせる。

「ああ、もう！　イライラする！　というかアレス、デミウルゴス様にいつまでに答えを出す気でいるのよ!?」

「え？　ああ、それは……半年くらい」

「長い！　バカなの!?　デミウルゴス様だって待ちきれないわよ！　一週間で結論を出しなさい！」

「いやっ、さすがに短いだろ！　せめて三ヶ月は……」

「だから長いっての！　じゃあこれが最大の譲歩よ！　一ヶ月！　これで決めなさい！　それ以上の猶予なんてあげないから！」

「う……」

もはや決定事項のような物言いだ。

しかし考えてみれば、デミウルゴスは俺と一緒になることを、もう二年は待っているのだ。そこにきて、また数ヶ月も待たせるのは、さすがにマズイか……

「……わかった、一ヶ月以内に、何とか答えを出すよ。それで、勘弁してくれ」

「わかればいいのよ。それじゃ、一ヶ月ね。一日でも返事が遅れたら、今度こそ燃やし尽くしてやるから！　覚悟しておきなさい!!」

いや、俺が死んだらデミウルゴスも死ぬんだが……こいつは鳥の魔物だけに、マジで鳥頭なのか？

いやまぁそれは別にしても、フェニックスにつつかれた末、俺はデミルゴスに、一ヶ月以内に答えを出すと、約束させられた。

俺のことは認めたくなくとも、デミウルゴスの気持ちは尊重したいようで、俺を排除しようという気はなくなったらしい。それでも、彼女からすれば、それがかなり複雑な心境であることは、俺でも何となく想像がつくのだが。

※

「デミウルゴス、前に言いそびれたことなんだが、ほら、マナ集めの効率が悪いって話したときの」

「ああ、そういえば最後まで聞いてはおらんかったのう。して、何の話じゃったっけ？」

「この森の周辺に生息している魔物を狩るだけじゃ、マナが効率的に集められないって話だよ」

「おお、そうじゃったな」

ぽんっ、と手を打つデミウルゴス。

三日前はフェニックスの登場だったりバトルだったりで色々とあったし、ここ最近になって始まった共同生活で色々と忘れていたのだろう。ちなみに、今フェニックスは森の外に出て、魔物を狩りに行っている。

余談だが、この森に張られているエルフの結界は、擬人化した状態だと魔物であるフェニックスも通り抜けることができてしまうようだ。

もしかしたら、擬人化することでマナになんらかの変化が起きるのかもしれない。

「でだ。フェニックスが加わったおかげで、一日に回収できるマナの量は増えたが、それでもまだまだだ。そんなわけで、俺はとりあえず、人間の町に出てみようと思う」

「町に、かの？」

「ああ」

というのも、そもそも森の外に広がる平原に生息している魔物が少ないのだ。

デミウルゴスとの生活が始まって、そろそろ二週間が経とうとしている。しかし確認できた魔物は、【グリーンスライム】と【キルラビット】の二種のみ。あとは、魔物に分類されない動物だけだ。これでは、良質なアニマクリスタルを得ることができない上に、数も集まらない。

そこで、俺は町に出て、魔物の出現情報を収集、アニマクリスタル回収のための遠征を考えていた。人間は魔物の情報には敏感だ。どこにどんな魔物が生息しているのかというマップも、地域ごとに作っているくらいだ。

それを活用すれば、今よりもっとアニマクリスタルを回収していけるだろう。

本当は冒険者にでもなるのが一番なのだが、俺は既に死んだことになっているはずだ。しかも冒険者ギルドで色々とやらかした過去もある。正直、俺のことがバレた場合が怖いので、冒険者になるのはなしだ。

あとは、町に行くのは金銭を稼ぐ目的もある。

この森はかつてエルフが住んでいただけあって、良質な薬草が豊富なのだ。キルラビットを倒して得た毛皮も、ソフィアのジョブ、賢者が使える異空間収納に収めており、それなりに数を揃えているし、【ホーリーアップル】という文字通り金のなる木もある。ホーリーアップルに関しては、いきなり市場へ大量に持ち込むと面倒になるため、二～三個程度を一度に金にするのが限度だろう。これでもかなりギリギリのラインだ。

そうして金を集め、ひとまず武器や回復薬などのアイテムの購入、あわせてこの森で生活するうえで必要になる装備一式なんかを買い揃えるのだ。

いいかげん、このまま野ざらしで——樹のウロで寝泊りしているとはいえ——生活していくのは辛い。せめて野営用の天幕くらいは欲しいところだ。

「——というわけで、町まで出て、魔物の情報収集、それと金を稼いでくる。一通りの準備が出来次第、魔物狩りの遠征をして、アニマクリスタルを回収する流れだな。こうすれば、毎日少量のアニマクリスタルをちまちまと回収していくより、効率がいいはずだ」

「なるほどのう」

考え込む仕草を見せるデミウルゴス。

しばらく考えて結論が出たのか、視線を上げて俺を見つめてきた。

「町へ出るのは構わん……じゃが、他の女との浮気は許さんからの」

「しねーよ！」

まじめな顔してそんなことを言うデミウルゴスに、俺は思いっきり突っ込みを入れた。

そして、話をした翌日。

俺はこの森から近い町——【シド】へと向かうことを決めた。

五章　クソ勇者と呼ばれた男

「マルティーナ様、お客様がお見えになっております」

「あら、誰かしら？」

部屋へと入ってきた女性騎士が、扉の近くで起立したまま、あたしにそう言った。

ここは王都の騎士団詰め所。その代表のために用意された執務室だ。こんな場所に来る客などほど限られているが、はて？　今日は誰かと面談の約束をしていただろうか？

心の中で首を傾げるあたしの疑問に、女性騎士が答える。

「はっ、トウカ様でございます」

「トウカ？　わかったわ。すぐにここへ通してちょうだい」

「かしこまりました」

あたしからの指示を聞くなり、すぐに回れ右をして部屋から出て行く女性騎士。

しばらくすると、懐かしい顔が現れた。

「久しいな、マルティーナよ。ふむ、随分と立派になったものだな、騎士団長」

「ふふ、その言葉、そっくりそのまま返すわ、【カムイ国】の英雄になったトウカ『姫』」

「やめてくれ。ワシは姫なんて呼ばれるような女じゃない」

「はは……たしかにね。まぁ立ち話もなんだし、そこのソファに適当に座って」

「ああ、かたじけない」

長い腰まである黒髪を後ろで束ねた、異国の少女。

いいや、もうそろそろ少女という歳でもなくなっているか、あたしも、トウカも。なにせ、今年で二人とも二〇になるのだ。あいつと死に別れてから、もう二年か……

魔神討伐のために旅をしていたパーティーは、すでに解散済み。あたしを含めて三人とも、それぞれに別の人生を歩んでいる。

トウカはカムイ国へと戻り、無事に実家を再興したし、ソフィアも念願だった魔導図書館の司書長となった。そしてあたしも、今では王都を守護する騎士達をまとめる団長として、日々忙しさに追われながら生活している。

時間が経つ早さを実感しながら、あたしは応接用のテーブルを挟んで、トウカと久方ぶりに旧交を温める。

最後に顔を合わせたときよりも、若干大人びた印象を抱かせる彼女は、とても美しくなっていた。さっきは皮肉を言ってしまったが、トウカは十分に姫と呼ばれるに足る女性だと思う。

「しかし、本当に見違えるようだ。以前から綺麗だとは思っていたが、それがより磨かれたのではないか、マルティーナ王都騎士団長殿」

「あら、お世辞？　でも嬉しいわ。ありがとう」

「その皮肉をこめた素直じゃないところは、昔のままのようだな」

「見た目なんて簡単に変わるけど、中身はそうそう変わるものでもないでしょ」

「そうだな……本当に、その通りだ」

不意に、トウカの表情が陰る。笑みこそ浮かべてはいても、哀愁というか、過去を思い出してそれに思いを馳せている、そんな感じ。

表情を見ただけで、なんとなくだが、トウカが何を思い出しているのか、あたしは察した。

それと同時に、あたしの胸中にも苦いものがこみ上げてくる。

できるだけ思い出さないように努めていても、どうしてもこびり付いて離れない、あいつの顔……

「まだ持っているのだな、あの者の『剣』を……」

トウカはふと、壁にかけられた一本の剣に視線を向けた。

それは、かつて『あいつ』が愛用していた剣……グレイブ荒野に残っていた、アレスの遺品である。

「まぁね。今はあたしが使わせてもらってるわ」

「そうか。いや、ただ飾られているより、剣も最後まで使われることを望んでおるだろう。むろん剣だけではなく、あやつもな」

「ええ。そうね……」

トウカと言葉を交わし、少しだけ部屋の中が沈黙した。

でもその沈黙は長くは続かず、トウカは小さく口を開いた。

「……今にしても思えば、やはり無理があった、あの者の豹変振りは」

「そうね。でも、あたしたちはその無理に気付けなかった。結局、あたしたちは表面的にしか、あいつを見てなかったってこと……」

だから、彼が周囲を偽っていたことに、あたしも、トウカも、ここにはいないソフィアも、誰も……気付いてあげられなかったのだ。

とても腹立たしい。

嘘をついていたあいつも……そのことに全く気付けなかった、あたし自身にも……本当に、腹が立つ。

「しかもさ、あいつってば、自分がやらかした『尻拭い』、ほとんど自分でやっててさ……それを知って、よけいにいたたまれなくなっちゃった」

「そうだったな……うん、そうだった」

トウカが目を細める。きっと、昔を思い出しているのだ。

あたしも、当時を思い出す……

——二年前。

稀代のクズ勇者として世間での悪評を欲しいままにした男、アレス。

宿屋、ギルドでの乱闘に、女性へのセクハラ、武器防具屋での身勝手な振る舞い。勇者という存在にあるまじき言動が目に付く、最低最悪の人物……というのが、世間での彼への評価だ。

同じ勇者パーティーというだけで、あたしたちまで白い目で見られたりもしたが、大抵の者たちは同情的だった。

『あんな男と一緒で、可哀想……』

と、何度も慰められたのを覚えている。

実際、その通りだとあたしも思っていた。

なんで、こんな下衆野郎と一緒に旅なんてしなくてはいけないのか。

出会った当初は、まじめに世界を救おうと邁進する、立派な勇者の姿を見せていたはずなのに、いつの間にか、彼は自分という存在を『特別』だと言い出し、傲慢になった。

最初は、些細なことから始まったんだと思う。

宿の食事で、「自分たちは勇者一行として、世界を救う旅をしている。だから、ここでの食事代をまけてほしい」なんて、アレスは言ったのだ。

急に何を言い出すのかと思ったが、当時は金欠ぎみで、宿に泊まるお金を捻出するのも苦労していた有様だった。だからアレスは、そんな無茶な要求をしたのだろうと、そう思っていた。

実際、自分達が世界を救う旅をしていることを示す、王様からの公的な書面まで持ち出されれば、援助として宿はその要求を呑まざるを得なかった。あたしは、この恩はいずれ返すことを条件に、「今回だけだからね」、とアレスに念を押して、宿からの好意を受け取ることにしたのだ。

それからだ。アレスの行動が、目に見えてエスカレートし始めたのは。

何かに付けて書面を持ち出し、宿で過剰なサービスを求めるようになった。あたしたちへのセクハラが始まったのも、ちょうどこの時期だ。胸やお尻を頻繁に触られたり、お風呂で肌を覗かれたり……それだけにとどまらず、宿の中でとある冒険者たちと乱闘騒ぎまで起こしたのである。当然、あたしたちは出禁になった。

ギルドへ旅の資金を稼ぐために訪れれば、中にいた冒険者とこれまたいざこざを起こしたり、依頼の内容にケチを付けて、記載されている以上の報酬を要求したりと、やりたい放題。何軒ものギルドから立ち入りを禁じられ、まともに依頼を受けることもままならなくなった。

武器防具屋では、お金を払わずに商品を勝手に持ち出したこともある。その際に、店主を殴り倒すなど、もう完全に強盗の所業である。店の中で一番の商品を持ち出され、店長が涙していたのを覚えている。

そして極めつけは、それだけ強引な手段で装備を揃えておきながら、彼はほとんど戦わなかったことだ。行きがけの道すがら、魔物に襲撃されている村などを見かけることもあったのだが……それを、彼はあろうことか全て素通りしたのである。

さすがに、その行動にはあたしたちの怒りも頂点に達した。

いくらなんでも見過ごせないと、あたしたちは襲撃を受ける村に向かおうとしたが、彼はそれを止めて、あろうことか、

『利益にもならねぇし、無視して先に行くぞ。早いとこ次の町まで行きてぇしな。あんな村を助けてる暇なんてねぇよ』

などと、口にしたのだ。

もう、あたしたちは怒りでどうにかなりそうだった。

彼の制止を振り切って、村に向かおうとしたあたしたちだったが、アレスはそこで一枚の書面を見せる。

それは、王様が勇者に託した、旅の全権をゆだねる文言が記載されたもの。パーティーメンバーは勇者の言葉に従え、なんてばかげたことが書かれている。もし従わなければ、故郷の家族に何があるかわからない、なんて脅しまでかけてきたのものだから、始末が悪いったらない。

しかし、あたしたちがパーティーに加わったときにはそんなものはなかったはず……だから、後からアレスが準備させたのだ。なぜ王様は、そんなものをアレスに持たせてしまったのか。

それまでもあたしたちは、アレスの行動に腸がかなり煮えくり返っていたというのに、王様直々の書面まで持ち出してきて、こちらの行動すべてを制限してきたのだ。そのせいもあり、もはや怒りは臨界点も越えて、あたしたちは憤死する寸前にまで追い込まれていた。

それが、アレスと袂を分かった一月前の出来事だ。

もう、さすがに限界だった。あたしたち三人は、最終目標地点であるグレイブ荒野で、アレスと別れる決意を固めた。あの文章で脅したければ脅せばいい。そういう気持ちだった。

もし如何なる行為を王家がしてこようが、そのときはアレスの行動は目に余ると考えている者たちで義勇軍でも編成し、王都に攻めてやる、なんてことまで、あたしたちは考えていた。

実際、アレスの評判は最悪だったこともあり、確実に集まる確信があった。

それに、アレスを置き去りにしたグレイブ荒野周辺は危険な魔物が多い地域だ。今まで後ろに隠れてろくに戦いもしなかったアレスに、その魔物たちを倒せるとは思わなかった。あたしたちさえいなくなれば、どうせその辺で野垂れ死ぬ。それもまた、あたしたちがアレスにあの場で別れを切り出した理由の一つだった。

世界の命運を賭けた戦いに、あの男と挑むなんて考えられない。どこで足を引っ張られ、最悪死ぬ羽目になるかもわからないのだ。

ゆえに、アレスと一緒にデミウルゴスには挑まなかった。それよりも、もっと優秀な戦士を引き連れて挑んだほうが、勝率も生存率も上がると考えたから。

そして、あたしたちはついに、アレスから離反したのだ。

しかしまさか、その直後になって、アレスからあのような手紙が届くなどとは、夢にも思っていなかったのだけど……

「正直、最初は手紙の内容なんて信用してなかった……あれだけ世間様に迷惑をかけたアレスが、今更ってね……でも」

「ああ、しかし無視もできなかった。彼が悪辣な勇者に成り下がった……いや、悪辣な者を演じた理由が、我々を最後の戦いから遠ざけるため、などと書かれていては、な」

あの時、アレスと別れてから受け取った手紙には、今まで自分がしてきたことへの謝罪が綴られていた。それと、自分がなぜ、そんな行動を取ったのか、その理由も。

「本当なら、全くもって信用などできる内容ではなかったが……それでも、あの手紙からは、初めて出会った頃の、好感が持てていた時期の面影を感じてしまった」

「ええ、そうね……おかしいわよね、あれだけ怒り心頭になってたのに、あんな手紙を貰ったくらいで心が乱されるなんて……あたしって、かなり単純なのかな……」

アレスには、本当にどうしようもないほどに怒りを覚えていたはずなのに……いざ、それが全部演技だったと明かされ、本当は誰よりも、自分たちのことを想ってくれていた。そんなあいつの言葉を、バカ正直に信用してしまったんだ、あたしは。

……もしかしたらあたしたち三人は、心のどこかで、あいつが悪い方向へと変わってしまった事実を、受けいれたくなかったのかもしれない。でなければ、あんな手紙の内容に動揺したりなんてしないし、ましてや、彼の死に心を締め付けられることもなかっただろう。

そう考えると、もしかしてあたしは、あいつのこと……

「しかし、あやつも周到な男だ。そうは思わないか、マルティーナ」

ふと、トウカがこちらに呆れを含ませた笑みを見せる。

あたしはそれに、苦笑を返した。

「……それって、自分で起こした問題の尻拭いを、ほとんど『自分でやってた』こと？」

「その通りだ」

あたしとトウカの言う『尻拭い』とは、クソ勇者アレスがしでかした横暴による被害を、謎の冒険者がほとんど解決、または、補填していたことだ。

「たしか、冒険者【アレクセイ】だったか」

「そうそう。あたしたちがアレスと一緒に行った宿とかギルドで、必ずその名前が出てきたわよね」

「それと、武器防具屋でも、かなりの頻度で聞いたな、アレクセイの名は」

冒険者アレクセイ。

勇者が悪逆の限りを尽くしたあとに、必ずと言っていいほどに現れた、優秀な冒険者。

宿では壊された壁や家具の修繕費用なんかを寄付したり、直せるところは自分で全部処理してしまったとか。それと冒険者ギルドでは、アレスとの乱闘によって負傷した冒険者に代わり、彼らが受けようとしていたクエストを、代理でこなしたとか。しかも、報酬は全体の一割程度しか受け取らず、ほぼ全てを負傷した冒険者に渡してしまったというのだから、どんな聖者だという話である。

ギルド側としても、クエストの達成が滞ったままでは依頼者からの信用を失い、最悪ギルドの悪評が世間にばら撒かれる事態に発展する可能性があった。それを、未然に防いでくれたさすらいの冒険者には、深く感謝している様子であった。クエストの難度も、A～Fと幅広く対応していたようで、アレクセイという名の冒険者の評判は上々だ。

そして、アレスが武器や防具を強奪した店には、ダンジョンの深層でしか発見できないようなレア武器、レア防具が持ち込まれたらしい。しかもほとんどタダ同然の捨て値で売っていったというのだ。

さすがに不信感を抱いたそうだが、店側としても売ってくれるというなら、と買ったそうだ。

やはり、店で最も値が張るものを持っていかれた精神的なダメージは大きかったらしく、ダンジョンの奥で見つかった武器ともなれば、かなりの高額で売ることができる。しかも、大抵の場合はそういった珍しい武器が入れば、名の売れた冒険者が買い求めに来たりする。宣伝さえしっかりとすれば決して売れない置物には成り下がらないし、店側としても莫大な収益になる。

それに、武器防具屋には、【鑑定】を使える者がいるのが普通で、偽物を掴まされることもまずない。実際、アレクセイという人物が持ち込んだ武器や防具は、まさしくダンジョンで発見されるような本物のレアモノであった。

彼は、勇者の非道に憤りを覚え、彼を追いかけていると言ったことを話していたそうだ。そして最終的には、勇者を討つ、などと口にしていたらしい。

むろん、彼から支援を受けた者たちはこぞってアレクセイの行動を支持した。

そんな者が、いったいどんな容姿をしていたのか。

アレクセイに出会った人に話を聞くと、

「そいつ、仮面で顔を隠してたんですってね」

「ああ、魔物との戦いで受けた傷が原因で、とても人様に見せられるものじゃない、という理由で、絶対に外さなかったそうだ」

「そうそう。でもさ、顔以外の特徴とかを聞くと、どう考えても、あいつなのよね」

「うむうむ。服装こそ変えておったようだが、話し口調や身振り手振り……あと、妙な癖だな」

「ええ、考え事をするときに、足でリズムを取りながら、剣を鞘から抜いたり差したりする動作……それって、アレスがよくやって、あたしたちが注意してたことだもんね」

剣と鞘が痛むからやめなさい、と何度も注意したのだが、最後まで治らなかったアレスの癖。思い出すと、ちょっと懐かしくなる。

「しかし、いつの間にそのようなことをしていたのか……考えられるとすれば……」

「アレスが賭け事や酒場に出かけて、しばらく帰ってこなかった時、なんでしょうね。かなりの頻度でパーティーから抜け出してたし、間違いないでしょ……今にして思えば、酒を飲んできた割には、お酒の臭いなんて全然しなかったし、かなりしっかりとした足取りで帰ってきてることが大半だったわね」

「そうだな。そんなことにすら気付かなかったとは、我ながら情けない」

「言わないで。あたしも結構気にしてるんだから」

アレスは、陰で自分のやったことに責任を果たしていた。

こっそりと、あたしたちに隠れて、自分が悪者になるように仕向けながら。

ああ、ほんと、なんであたしは、あの時にアレスの行動をもっと監視していなかったのか。

そうすれば、もしかしたらあいつは、今もあたしたちと一緒に……

ううん。過ぎてしまったことを考えるのは、よそう。過ぎ去った過去に、もしもはないんだから。

「それと、アレスが無視した村だが、覚えておるか？」

「ええ、もちろん。ちゃんと覚えているわよ」

旅の途中で、魔物に襲われていた村。遠めにも、村から火の手が上がっていたのは見えていたし、悲鳴だって聞こえてきた。あたしたちが、アレスの行動で最も許せなかった、襲撃されている村を無視して先を急ぐ行為。

あたしたちは王様の書面に脅され、アレスについていくしかできなかったが、

「アレスの死を確認してから、改めて村に訪れたよな。そのときは、凄惨な状況を覚悟しておったが……」

「実際に行ってみたら、村は普通に存続……魔物の襲撃で、家畜や農作物に被害が出て、多少のけが人もあったそうだけど……」

「襲撃の直後に、冒険者の連合や騎士団が村に駆けつけ、魔物は瞬く間に駆逐……被害は最小限で済んだ……なぁ、マルティーナよ」

「うん。たぶんだけど、これもあいつね」

そう言ったあたしは、ソファから立ち上がって一冊の資料を取り出した。

「見て、これ。当時の騎士団の、遠征記録よ」

あたしは騎士団がいつ、どこに、どのような目的で、遠征を行ったのかを記入してある資料を開き、トウカに見せた。

本当は、騎士以外の人間が閲覧することは許されていないけど。今回は、ちょっとこの資料を見せないと話が進まなそうだから、まぁ仕方ない。

騎士団長の職権を乱用することにしよう。今回だけ。

「……マルティーナよ、やはり」

「ええ。この、二年前にとある村へ騎士団が遠征した切っ掛けだけど……」

「『魔物の襲撃……王都へのスタンピードの危険ありとの報告が、とあるA級冒険者より入った』か……つまり」

「村への魔物の襲撃が、次は王都へ伸びる可能性を示唆した報告が、騎士団に送られてきたみたいね。しかも、この報告者の名前が……」

「アレクセイ……か」

「そういうこと」

ここにきて、またしてもアレクセイの名前が出てきたのである。

「あたしが調べたところだと、同様の情報がギルドにも送られてたらしいわ」

情報を受けた騎士団やギルドは、調査の人間を派遣し、実際に魔物が群れで行動していることを調べあげた。

調査でわかった魔物の数は、スタンピードというには規模が小さいものだったが、近隣の村を壊滅させることは容易にできるレベルの集団だった。王都への侵攻こそないと判断できるが、村は確実に滅ぼされる。

さすがに調査だけで終わらせて無視もできない。

騎士団もギルドも、魔物の討伐隊を編成し、村の救助に向かった、というわけである。

「A級冒険者の情報だからね、騎士団もギルドもさすがに無視できなかったんでしょうね。しかも中には、実際にスタンピードに発展しかけていた魔物の大群もいたみだいから、このアレクセイからの情報は、かなり有益なものとして扱われたみたい」

もし仮に、この情報の提供者がただの村人や、ランクの低いC級冒険者が発したものであったなら、誰も動かなかったかもしれない。

ギルドも騎士団も慈善事業ではないのだ。動くことに対するリスクというものがある。もし大規模に人を動かせば、費用も時間も掛かるのだ。情報が仮にデマであった場合の損失は大きい。

そういった意味でも、A級冒険者ほどの実力者であれば、確実な実績と経験に基づいて、情報を提供していると組織は判断する。

そもそもA級の冒険者ともなれば、国の大事に対処させられる超人や達人だ。

この世界でA級冒険者と呼ばれる存在は、一〇〇人もいない。

A級にまで上り詰める冒険者は、それだけ過酷な状況を生き抜き、的確に物事を判断できる能力も求められるのだ。

冒険者には新人のFから、最上級のSまで存在する。並みの冒険者でD。腕が立つと評価されるのがCからである。B級ともなれば、第一線で活躍している冒険者のことで、実質的に言えば、ここまでくれば高位の冒険者であるという評価を受ける。

ゆえに、ギルドも騎士団も、A級冒険者からの情報という理由で、各地に人を派遣したのである。

それと余談だが、S級冒険者はこの世界には存在していない……とされている。なんというか、S級までいくともう、人間をやめた者が辿り着く極地というか、生ける伝説である。過去に存在したS級冒険者は、ギルド数百年の歴史でも、五人しかいなかったらしい。

と、閑話休題。

「今、こうして裏の事情を把握してみるとさ、アレスの行動って、色々とおかしかったんだなぁ、って気付くわよね」

「そうだな。ワシらが考えていた進行ルートを、『今日はこっちの道で進みたい気分』なんでバカな物言いで変更させられたが……ようはそれも、アレスの術中だったのだな」

「そうね。たぶんだけど、わざと魔物に襲撃されている村の近くを通って、あたしたちに嫌われるように仕向けたんでしょうね。毎回毎回、好き勝手にルートを変更して、やたらと村が襲われている現場に出くわしてた時点で、色々と気付いてもおかしくなかったんだけど……」

でも、気付けなかった。

アレスに対する感情が、あたしたちから冷静な判断力を奪っていたのだ。

なにせ、賢者のジョブを持つソフィアでさえ、アレスへの悪感情のせいで、状況の違和感を感じ取れなかったほどなのだから。まさしく、アレスの思惑に、まんまと踊らされた、というわけである。

「感情というのは、厄介なものだな。人から簡単に冷静さを奪っていく。そういった意味でも、ワシらはまんまとアレスの思惑に嵌ったというわけだ。いやはや、本当にたいした男よ」

などと、おどけてトウカは言うけれど、あたしは笑って返すことはできなかった。

「でも、あたしはやっぱり許せないかな。あいつのこと」

「……そうか。お前もか」

「なんだ、やっぱりトウカもそうなんだ」

「無論。おそらくだが、ソフィアもアレスにはいまだ治まらない怒りを覚えておるだろうな」

「当然よ、だって……あいつは……」

――あたしたちのこと、信用してなかった、ってことなんだから。

「全部自分ひとりで背負い込んで、何様だって話よ」

最後の戦い……デミウルゴスとの決戦に参加させたくないから、あたしたちに嫌われて、自分から離れていくように仕向けた。

つまりそれって、あたしの……あたしたち三人の力を、信用してなかった、ってことじゃないの。

「あたしたちは、ずっと一緒に旅をしてきて、一緒に強くなっていたつもりだった。そりゃ、勇者のジョブに比べれば、できることは限られるし、万能じゃないけどさ」

それでも、各々に自分の役割を果たし、足りなければ補うのがパーティーというものだ。

一人では成せないことも、仲間がいれば達成できる。

なのに、あいつは……

あたしたちに、一番肝心な部分で、協力させてくれなかったんだ。

「あたしは弱くない。トウカやソフィアだって、十分に戦力として数えることができるくらいに強かった。なのに、あいつはあたしたちを切り離した」

「危険なことは全部自分で引き受けて、な。要するに、アレスにとってワシらは、守るべき対象であり、ともに戦場で戦うパートナーではなかった、ということだな」

「うん」

その事実を知ったとき、あたしは失意に打ちひしがれた。

あたしは、アレスの思い遣りが、ひどく辛かった……

「なぁ、マルティーナ……もし、ワシらが年を取って、天寿を全うしたあと、アレスにあの世で再会でもしようものなら、いったいどうする？」

「ははっ、それ、ずっと先の話じゃない。でも、そうね……」

もしも、あたしが死んで、それでアレスに再会したら、

「まずは、顔が原型をとどめないくらいにボコボコにしてやるわ」

「うわぁ……」

あたしの発言に、トウカがかなりドン引いた感じの表情を浮かべた。

そりゃ、自分たちの命を助けるために、一人で死地に赴いた相手を「ボコボコにしてやる！」なんて言えば、誰だってトウカみたいな反応を返してくるだろう。

でも、仮にボコボコとまではいかなくても、思いっきり引っぱたいてやりたいとは思うのだ。

「それだけじゃなくて、ちゃんとお礼も言うよ、一応ね」

「まるで取って付けたかのような感じだな。心が篭ってなさそうだ」

「そんなことないわ。恨みつらみを全力で込めた〝ありがとう〟をプレゼントしてやるわよ」

「おぬしという奴は……」

なんて、呆れ顔であたしを見つめてくるトウカ。

懐かしいやりとりにあたしは目を細めて笑みを浮かべる。

「それで、最後は……ね」

「うん？　最後は？」

そう。最後。これがきっと、あたしの中では一番重要。

あんな別れ方をしたのに、後になってから気付いた、この気持ち。

「あたし、あの世であいつに告白して、来世での恋人枠を、先に予約しちゃおうかなって」

あたしは頬に熱を覚えて、最後のほうはもう声が小さくなりながらも、トウカに告げた。

「…………」

「ちょ、ちょっと、何か言ってよ！」

しかしトウカは、ぽかんとした様子で口をあけて、目をぱちくりさせている。

正直、自分でも恥ずかしいことを言っている自覚があるため、できれば相手からリアクションが欲しいところだ。沈黙はさらに羞恥を刺激させられる。

「い、いや。そのなんというか、おぬしがそこまで真っ直ぐに誰かに好意を向けるのは初めて見たからな。しかも、その……来世での恋人枠を予約、とかいうおぬしの発言は……」

「ごめんなさいもうやめていただいていいですかというか今のあたしの発言を忘れて下さい！」

沈黙から一転、トウカからの指摘にあたしは体中を熱くさせた。

よくよく思い返してみれば、来世での恋人枠を予約とか……今どきその辺の少女ですら口にしないような、とんでも発言であったと思い至る。

うわ〜っ、何言っちゃってるのあたし〜〜っ！

悶絶して転げまわりたい衝動をどうにか押し殺す。

ここでそれをすれば恥の上塗りだ。

「ああもう！　言うんじゃなかった！」

「はは……ふむ、しかしそうか。マルティーナはあやつのことを……だが、どこでそうなった？　あの旅は最初こそそれなりにお互いを信頼し合えてはいたが、途中からはまさしく最悪であっただろうに」

「うん。そこはあたしも驚いてる。あたし、もう殺してやりたいほどあいつのこと嫌いになってたのにって」

「つまり、命を助けられて、惚れた？」

「ううん。たぶん違う」

きっと、あたしはもっと前……それこそ、あいつが変わる前から、あたしはアレスに好感を持ってた。

勇者とはいえ、出会った頃の彼にはまだほとんど戦う力なんてなくて、それでもあたしやトウカ、ソフィアたちからジョブの力を授かり、徐々に実力を付けてきたアレス。

当時のあいつは、その力を他人のために使うことを惜しまない男だった。

困っている人間を放っておくような奴じゃ、なかったのだ。

「出会った頃のあいつは、間違いなく勇者だった。真っ直ぐで、愚直で、呆れるほどのお人よしだった。あたし、たぶんそんな部分に、きっと惚れてたんだと思う」

「なるほど」

「うん……」

きっとあたしは、アレスが豹変し、傍若無人な振る舞いをすることに腹を立てつつ、心のどこかでは、悲しかったんだ。

自分が認めて、好意まで抱いた男が、あんな風に変わり果ててしまったことが。

だから余計に、冷静にあいつを見ることができなかったんじゃないか、今は、そう思う。

「って、ていうか！　あんたはどうなのよ！　あの世でアレスに会ったら、なんて言うつもりなのよ！」

「ワ、ワシか？　その、ワシは……その……」

急に矛先を向けられ、視線を泳がせるトウカ。

彼女にしては珍しく、言いよどむような仕草に加えて、頬にほんのりとした朱が入っている。

それだけで、なんとなく察した。

「はぁ……もしかしたら、って考えなかったわけじゃないけど、あんたもか。というか、あいつに怒ってたんじゃないの？　二年前も、今も」

「そう言うおぬしこそ、あやつをボコボコにしたいほど憤っておるではないか……なのに好きという感情を持っているのは、矛盾ではないか？」

「いいのよ。それとこれとは話が別。あたしは取り敢えず殴ったら、勝手なことしたことは、まぁ、許さないこともないわ」

「無茶苦茶だな、おぬし」

そこは、あたしだって理解している。

でも、感情はトウカも言っていた通り、なかなか厄介なものなのだ。

表に出てくる表層的な感情から、自分でも気づけない、深層に眠る感情もある。しかも、より厄介なのは、矛盾した感情であっても、一緒に同居してしまうこともあるという部分だ。それは本人でも制御ができないときもあり、まさしく厄介者という他ない。

あたしは今、アレスから信用されなかったことに対する憤りと、あいつへの恋心を同居させている。

本当に、目茶苦茶である。

だから、あの世ではアレスに、こんな感情をあたしに抱かせた責任を、ちゃんと取ってもらわなければ。

「はぁ〜、あの世では確実に修羅場になりそうね。あたしとあんた」

「死んでからもお主と顔を突き合わせた挙句、女の戦いが待っておるのか……世知辛いな」

「一人に二人が恋をしたら、そうなるのは当たり前でしょ」

まぁ、もし仮にあっちでそういう戦いが始まっても、あたしは負けてやるつもりなんて毛頭ない。確実にアレスはあたしがもらう。

「ふぅ……まぁ、ワシとお主の二人で済めばいいがな」

「え？」

「もしや、三人になるかもしれんぞ、実際」

そんなトウカの言葉に、あたしはげんなりする。

だって、その三人目なんて、考えるまでもなく、あの子だろうから。

「ええ〜……まさかソフィアも入ってくるの〜……」

「ワシは、ほぼ確実だと思っている」

今は、魔道図書館の司書長であるソフィア。

彼女までが恋のライバルになるかもしれない、ということをほのめかされ、あたしはちょっとだけ、頭を抱えたくなった。

「あたしたち、面倒な恋をしちゃったわね」

「まこと、な」

だというのに、あたしたちは二人して、小さく笑みを見せあった。

「それで、今日はどうしたのかしら？　まさか、こんな昔話をしに、わざわざあたしのところまで来たわけじゃないんでしょ？」

あたしはトウカの目を真っ直ぐに見据える。

先ほどまでの友人との再会を喜びはいったんおいて、彼女からここに来た用件を聞き出す。

よもや、ただあたしに会いに来ただけ、などということはあるまい。なにしろトウカはすでに一国の要人だ。目的もなくあたしのところまでわざわざ足を運んだということは考えづらい。

実際、トウカはあたしの切り出しと共に雰囲気を変えて、凛とした空気を纏う。

「うむ、実は少しばかり、おぬしに報告しておこうと思ったことがあっての」

「報告？」

「ああ。単刀直入に話すが、我が国で活動している冒険者から、【龍神】と【ベヒーモス】、二体の目撃情報があった」

「っ!?　まさか【幻獣】二体が、一緒に目撃されたの!?」

よもやただごとではないかもしれないと予想はしていたが、それでもこれは正直に言って予想外だった。

なにせ、『ＳＳ』級の魔物で知られる【フェニックス】、【龍神】、【ティターン】、【ベヒーモス】の四体は、ここ数十年では目撃情報すらなかったのだ。

それが一気に二体もその存在が確認されるなんて……。

「龍神は空を高速で飛翔していたため、追跡は困難だったが、ベヒーモスの動向はかろうじて探ることができた。すると、どうやら我がカムイ国から見て、西に向かっているようなのだ。途中までは追跡できておったのだが、ある地域に入った途端、行方が掴めなくなった。龍神が飛び去った方角も、おそらく同様に西ではないかとの報告を受けている」

「同じ方角に、二体の幻獣……」

あたしは、トウカが懐から取り出した地図で、幻獣二体の動きを追い、ベヒーモスが消えたと言う地点を目にして、思わず目を見開いた。

そこは、【リーンガルド】と呼ばれる地域で、王都からかなりはなれたド田舎だった。確か、【シド】という小さな町があったはずである。

しかし、あたしが注目したのは、別にド田舎で幻獣が消えたことではなく、もっと別に、気になることがあったからだ。

「ちょっと待ってて」

トウカからの話を受けて、あたしは書棚からまたしても資料を取り出す。それはつい最近にあたしの部下が持ってきた報告書だ。

「マルティーナよ、これは？」

「読んでみなさい。なかなか衝撃的だから」

資料をあたしから受け取ったトウカは、ゆっくりと視線を資料の文字に落とし、読み進めていく。そしてあらかた読み終わったところで、瞳に鋭さを宿してあたしを見つめてきた。

「まさか、『この国』でも幻獣が目撃されておったのか。しかも、つい一ヶ月前に」

「ええ、その通りよ。見つかったのは【ティターン】ね。グレイブ荒野で目撃されたらしいわ」

「ふむ。よもやこの短期間で、三体の幻獣が一度に姿を現すとは。こうなると、残りのフェニックスもいずこかで動いていても不思議ではないな」

「そうね。それで、そのティターンの動きなんだけどさ、何か気付かない、トウカ?」

「動き?」

「そう。何か見えてこない?」

「ふむ…………ん? おい、マルティーナよ、まさか……」

どうやら気付いたようである。

あたしがトウカに渡した資料は、うちの騎士がまとめたものだ。

ティターンの目撃情報が耳に入ってすぐ、あたしは調査のために騎士を派遣した。目的は、ティターンの動向を探ることだ。何があろうとも、決して手は出さないようにと厳命して。もし戦いになれば、王都の戦力を全て投入する必要がある相手だ。おそらく冒険者ギルドの手も借りることになるだろう。実際、今回の調査には冒険者も協力してもらっている。

そしてわかったことだが、ティターンはとある方角に向けて、ほぼ真っ直ぐに移動しているようだった。

それは東……追跡した騎士によると、シドの付近までティターンは進行したようだが、そこから急に姿が見えなくなり、追跡は断念。

一応、シドの上層部にこのことを伝え、厳戒態勢を敷くように伝えてはおいたが。もしも襲撃を受ければ、ひとたまりもないであろう。

そして、トウカから報告された、龍神とベヒーモスの進行方向。それに加えて、ベヒーモスの姿が消えた地点というのも……

「ティターンと同じく、シドの町の付近、リーンガルドか……マルティーナ、これは」

「ええ。たぶんだけど、三体の幻獣は、一度に同じ場所を目指している可能性がある。まだどこに向かったのか、っていう正確な位置までは特定できていないけど」

「しかし、突然姿が消えたというのは、どういうことなんだ？」

「それはあたしもわからないけど、あの最強クラスの化け物たちが、同じ土地に集まってる。これは、相当に厄介なことよ」

なにせ、一体を相手にするだけで国家規模の戦力が必要になる相手が三体同時に出現し、同じ地域に潜伏している可能性があるのだ。いったい、何の目的があってリーンガルドへ集結したのかは不明だが、今はそれを追及している場合ではない。

「早急に動く必要があるわね。ティターンが消えてから、地元の冒険者に調査依頼を出してはいたけど、それだけじゃ足りないわ。うちからも、いくらか調査隊を派遣する必要があるかも」

「うむ。これは、下手をするとデミウルゴスを相手にするより厄介な事態になるやもしれん。放っておくことはできんな。我が国からも、独自に調査隊を送りたいと思うが、どうだ？」

「わかった。カムイ国の人間が自由に動けるようにできないか、国王様に頼んでみるわ。それと、できれば合同調査っていう名目にしましょう」

「うむ、それがよかろう」

各国の調査隊が独自に動くより、情報を共有できる態勢を整えておいた方がいいだろう。パラバラの情報で行動しても、効率はかなり悪いし、見落としだって出てくる。

今回は、幻獣三体を同時に調査することになるのだ。ちょっとした行き違いが、生命にかかわる大事になる可能性は高い。ここは、カムイ国と連携を取って対処するのが望ましいだろう。

幸い、あたしたちの国と、カムイ国の関係は悪くない。トウカがデミウルゴスを倒した――ということになっている――おかげで、それなりに交流も増えているくらいだ。合同調査の進言は、おそらく問題なく通るだろうと予想できる。

「でも、さすがに調査隊を編成して、カムイ国との連携を取るにも時間が掛かるわね……」

その間に、幻獣たちに何か動きがないとも限らないし、シドの町が今は、どんな様子なのかも気になる。となると、

「【レイア】！　入ってきなさい！」

あたしは、先ほどの女性騎士を呼び出した。

「はっ！　マルティーナ様、いかがされましたか？」

入室してきた騎士は、あたしよりも二つほど年下の少女だ。

名前は【レイア・フレイバー】。

夕焼けような茜色の髪に、意志の強そうな瞳は青玉《サファイア》のようで、髪の色との対比が特徴的だ。顔立ちも整っており、目の前にいるトウカにも負けてはいない。あたしと同じ、騎士の家系で育った少女であり、今はあたしの側近として動いてもらっている。

「緊急の任務よ。心して聞きなさい」

「っ、緊急、でありますか？」

「ええ、実は……」

あたしはレイアに先ほどの幻獣三体が同時に出現した旨を話す。

途端、彼女の表情は驚愕と困惑、そして、わずかな恐怖が宿っていった。

「幻獣の動きを調べるためにも、調査隊を派遣したいんだけど、どうしてもそのためには時間が掛かるわ。そこであなたには、先行して現地の状況なんかを調べて、あたしに報告してほしいの」

「な、なるほど。しかし、私のような若輩者が、そのような重要な任務についてもよろしいのでしょうか？　もっと、腕の立つ騎士に任せては」

「それ、あたしがあんたを側近に指名したときも言ってたわね。いい？　あたしはあんたを評価してるから、今回の任務も任せるのよ。そこは疑わないでほしいわね」

彼女の謙虚でつつましい性格はそれなりの美徳だが、自分を過小に評価するきらいがある。もっと自信を持ってほしいのだが、一朝一夕にはいかないか。それでも、もう少しくらい、自分への評価があってもいいと思うのだが。

彼女は剣の腕だってなかなかのものだし、騎士団の中でも上位に入る腕前だ。しかも騎士団への入団に際して行われた筆記試験の出来もよかった。現場を任せれば持ち前の責任感で部下を引っ張り、下の者からも信頼を得ている。

そういった実績を加味して、あたしは彼女を側近に任命したのだが、本人は謙虚な姿勢を崩さず、いまだに堅い印象のままだ。

現に今も、

「そ、そんなっ、マルティーナ様を疑ったことなどありません！」

「なら、今回の先行任務も、引き受けてくれるわよね？　準備期間として一週間あげるから、その間に荷造りなりしておきなさい。きっと、今回の任務は長期になるでしょうから、準備は怠らないように。以上よ。何か異論はあるかしら？」

「いえ！　ではこの不肖レイア！　現地の調査任務、謹んでお受けいたします！」

なんて感じのお硬い口調で返されて、あたしは内心で苦笑してしまう。

「ありがとう。それじゃ、任せたわよ」

「はっ！　我が身命に代えましても！　それでは、早速準備を進めてまいりますので、これで失礼いたします！」

言うなり、レイアは一礼と共に部屋から退室。

駆け足で遠ざかっていく気配を感じて、あたしは今度こそ苦笑を浮かべた。

「なかなかに難儀な性格をした女子《おなご》のようだな」

「ええ。でも実力は確かよ。きっと、任せて問題はないわ。それに、田舎の空気に触れて、少しは態度が柔らかくなってくれると、あたしとしても嬉しいんだけどね」

「ほぉ、なかなかに部下思いの上司っぷりではないか」

「おだてても、何も出ないわよ。さて、それはそれとして、あたしたちも動きましょうか」

「ああ。それと、できればソフィアにも、この話は通しておこう。最悪、我ら三人が、幻獣の前に立つ必要があるやもしれんしな」

「そうね。今はアレスもいないしね。準備は万全にしておきましょう」

「ああ」

かくして、勇者のいなくなった世界で、あたしたちは行動を開始する。

幻獣という脅威を前に、この国の人間たちを守る。

見ててね、アレス。

あたし、あれからもっと強くなったんだから。

あんたがいなくても、あたしはこの国を、世界を、守ってみせるわ！

六章　出会いはいつも唐突に

世界樹のあるエルフの森。

そこはデミウルゴスいわく、グレイブ荒野からず～っと東に位置した場所にあるらしい。

ちなみにグレイブ荒野は大陸の西の端にある。ということは、俺たちはあの戦いのあと、大陸を大移動したということらしい。デミウルゴスが言うには、俺が放った自爆魔法により、空間のひずみが生まれ、あの森に飛ばされたようだ。

とまぁ、閑話休題。

俺はデミウルゴスから町のある場所を聞き出し、今は見つけた街道を真っ直ぐに歩いていた。

肩には森で採れた素材で作った、急ごしらえのバッグを下げている。中には、キルラビットの毛皮や、森で採取した薬草などが入っている。

そして今、俺の隣では銀髪を靡かせた、デミウルゴスの姿もあった……

「なぁ、やっぱりまずいって……」

「何がじゃ？」

こてんと首を傾げるデミウルゴス。長すぎた銀髪は腰の辺りまで短く調整され、首の動きに連動してふわりと揺れる。

紫水晶《アメジスト》の瞳でこちらを見つめる彼女は、控えめにいってもかなりの美人だ。一見、人間の少女のようにしか見えない彼女だが、その正体は、この世界の創世時から存在している創造神であり、最近まで世界中の人間たちを抹殺しようとしていた魔神でもある。

そんな彼女が、人間が住む町に向かっている俺の隣で、同じ方向へ向かって歩いている。要するに、俺にくっついてきたのだ。

町へ向けて出発したのは今朝。日がのぼってからすぐだ。デミウルゴスは絶対に俺について いくと言って聞かず、かなり強引に俺の後についてきてしまったのだ。

ちなみにフェニックスは世界樹の守護のために置いてきた。本人は不服そうだったが、森を空っぽにするわけにはいかないので、無理矢理納得させた。説得にはデミウルゴスにも協力してもらっている。

「デミウルゴス、お前は数年前まで全人類の敵だったんだぞ。そんな奴が人間の町に入るのはヤバイだろ、色々と」

「仕方なかろう。旦那様はいまだに我への返事を保留にしたままなのじゃぞ。毎日水浴びで体を洗ってやったり、食事を口移しで食べさせてやったり、共に朝まで肌を合わせて眠ったりと、我の愛をアピールしているというのに、一向に色よい答えを聞けぬ」

「いやいや、それが今回の同行となんの関係が」

「旦那様が我への愛を示していないとなれば、人間の女に旦那様の心が移ろいでしまうやもしれぬ。それではあんまりじゃ。我はこんなにも主を愛しておるというのに」

「ええ……」

つまり、デミウルゴスが俺に同行している理由って……

「主が他の女にうつつを抜かさぬよう、我がしっかりと見張るのじゃ。何か問題があるかえ？」

いや問題なら山積みだろうよ。

まずお前は人間を滅ぼそうとしていた魔神で、おまけに人間とは感性も常識も違う。そして人間社会をほとんど知らないデミウルゴスが、いきなり町に入ってトラブルに巻き込まれる可能性は非常に高い。人間にはろくでもない連中がわんさかいる。

……まぁ、俺もかつてはそのろくでなしを演じて、周りにかなり迷惑を掛けたんだがな。一応自分なりに埋め合わせだけはしてきたつもりだが、それだって俺の自己満足だ。迷惑をかけた事実が消えるわけじゃない。そのことは、心に刻んでおかないとな。

「お前が人間の町に入って、何もトラブルを起こさない保証はない。できれば森で待っててほしかったところだ」

「バカにするでない。我はこれでも創造神、人間社会に溶け込むなど、造作もないのじゃ」

「……」

胸を張って自信満々の表情を見せるデミウルゴス。

というか、その無駄に根拠のない自信は何処から来るんだよ……

「主に迷惑がかかるようなことを、我がするはずなかろう。安心するのじゃ」

などと言っておられる創造神、兼、魔神の少女。

正直言って、俺はこいつと町に入ることに、今から胃が痛くなってくる思いであった。

やっぱり、無理やりにでも置いてくればよかったかな……

※

そして、森を出てから約半日……日が傾き掛けた頃に、俺たちはシドの町へ到着した。

「ほぉ、大きな外壁じゃな。見上げるような高さじゃ」

「そりゃ、町に魔物の侵入を防ぐために作られた壁だからな。低かったら意味ないさ」

目の前には、石を積んで作られた壁がそびえている。

街道から真っ直ぐ進んだ先には門兵が立っており、町に入る者たちを呼び止めては、荷を検《あらた》めたり、身分を確認している。

「デミウルゴス、こっからは人間の領域だ。あの兵士とは俺が話すから、お前は何も喋るんじゃないぞ。もし何か聞かれても、頷くか首を振るだけでいい」

「うむ、主がそう言うなら、従おう」

デミウルゴスが素直に頷いてくれる。

いよいよ、町の正門が近づいてきた。

兵士は俺達に目を向けて、視線を鋭く光らせる。

「止まれ。何か身分を示すものは持っているか？」

「すまないが何もない。身分証がないと、町へは入れないか？」

「いや、目的さえハッキリしていれば、入ることは問題ない。ただし、身分が不明瞭な状態では、武器などの持ち込みは許可されないので、ここに置いていってもらうがな」

　なるほど。そこまで厳しく出入りを禁じているわけではないようだ。ただし、相手が盗賊である可能性は考慮して、武器などは没収されるようだが。とはいっても俺達は武器なんて何も持っていないし、問題はないな。

「ここへは物を売って金を稼ぎにきたんだ。ものは、これだな」

　俺は樹の葉っぱと蔓で自作したバックを開けて、中からキルラビットの毛皮を数枚取り出す。それと、森で採取してきた薬草なんかを兵士に見せた。

　ホーリーアップルだけは、異空間収納に収めたままにしておく。あれの出所を問い質されると厄介だからな。

「ふむ、毛皮に、薬草類か。他に持ち物はないな。武器は？」

「持ってないな」

「ナイフ一本もか？」

「ああ」

「そっちのお嬢ちゃんは？」

「こいつは俺の連れだ。武器も何も携帯していない」

「一応、服の中も検めさせてもらう。今誰か女性兵士を連れてくる。少し待ってろ」

　と、そう言って兵士は門の裏側に見える詰め所へと走っていく。しばらくすると、一人の女性を連れて戻ってきた。

俺たちはそれぞれに服の中を検査され、武器の類や爆薬なんかを隠していないことを証明。無事に、町の中に入る許可を貰った。

「お節介かもしれないが、町で物を売るなら商業ギルドに登録しておくことを勧めるぞ。発行された手形は身分証になるし、今後この町で活動していくつもりなら、あって損はないはずだ」

「ありがと。商業ギルドだな。覚えておくよ」

「なに、気にするな。それと、そっちのお嬢ちゃんは随分と美人なようだからな、変な連中に絡まれないように、兄ちゃんがしっかりと守ってやれよ」

「ああ、それじゃあな」

「と待て待て。ほらよ」

「うん？　――っと」

門を抜けようとした俺に、兵士は数枚の貨幣を投げてきた。

「お前、金持ってなかっただろ。今日はもう商業ギルドも閉まっちまってるし、物を売るなら明日になるだろ」

「あ、つうことは」

「そいうこと。そっちのお嬢ちゃんを野宿させるってのは、さすがにな」

そうか。今日はもうギルドにも行けないし、このままだと野宿確定だったのか。まぁ、俺もデミウルゴスも、ずっと森の中で野宿してたし、今更だが。

町には善人だけではなく、悪人だっているのだから、デミウルゴスとのトラブルが発展する懸念だってある。この兵士、なかなかいい奴じゃねぇか。

「お前さんだけなら別にこんなことしねぇが、そっちの美人なお嬢ちゃんのためなら、金を貸してやるよ。ありがたく思いな。俺は毎日ここで待機してっから、町から出るときにでも返してくれ」

「あ、ああ。ありがとう」

「いいって、いいって。倍にして返してくれればいいからよ。あははははっ！」

いい奴、なんだよな？

いや、まぁ助かるからいいか。デミウルゴスと野宿していきなりトラブルは御免だ。

俺達は豪快に笑う兵士に見送られて、町へと入った。

「ん？」

途端、入り口付近に建つ建物の影から、俺は誰かから見られているような気配を感じ取った。

そちらに視線を向けてみると、灰色の長髪を背中に流した、目つきの鋭い女性の姿が目に入った。しかし、日の沈む町の中、その姿はすぐに暗がりへと消えてしまう。

「む？　どうしたのじゃ、旦那様？」

「いや……」

俺は女性が消えた物陰を見つめるも、すでにそこには、誰の気配も感じられなかった。

――シドの町に入って、一夜が明けた。


「……デミウルゴス、そろそろ起きろ」

宿の一室。

窓から差し込む日差しに目を細め、ベッドで横になるデミウルゴスの体を揺する。

「う、む……朝、か……？」

もそりとシーツから抜け出して来るデミウルゴス。もう当たり前になりつつあるが、やっぱり服は着ていない。だが、今回はシーツを体に纏わせているためか、妙に煽情的で、普段にも増して色っぽく見える。

「おはようじゃ、旦那様……べっど、で共に朝を迎えるというのも、なかなかに良いものじゃな」

「さいですか」

よく言う。ベッドというものを、昨日初めて知ったくせに。

夕べは、日が沈む前に宿で部屋を借りて、併設されている食堂で夕食を取った。その後は特にやることもなかったので、体を軽く拭いてそのまま就寝……だったのだが。

借りた部屋にはベッドが一つしかなく、俺は床で寝るつもりでいた。しかし、デミウルゴスはベッドというものを初めて見たようで、どこか落ち着かない様子であった。すると、彼女はベッドの上で自分の隣をポンポンと叩きながら、「一緒に寝るのだ。一人では落ち着かぬ」などと申されて、ほぼ強引にベッドへ引きずり込まれてしまったのだ。

俺はもちろん抜け出そうとしたのだが、がっしりと抱き着かれて逃げることができなかった。

まさか、力任せに、というわけにもいかず、なんとか一人で寝てくれと、説得を試みたのだが
……一向に離れる様子のないデミウルゴスに、俺の方が最後は根負け。結局いつも通り、俺たちは一緒に寝る羽目になったのである。

……しっかし、いつの間に服を脱いだのやら。寝た直後はまだ服を着ていたはずなのだが、今はベッドの下に、彼女の法衣もどきが脱ぎ散らかされていた。

「ふふ……ベッドか……ただの地面で寝るよりも心地よいのう。うむ、マナに余裕ができたら、いずれ創造してみるかの」

「え？　お前って、こういう物も作れちゃったりすんの？」

「うむ。体内にマナさえあれば、物の構成を解析して再現することが可能じゃ。まぁ、今はとても無理じゃがの」

「はぁ……さすが、創造神様だな」

「ふふん、もっと褒めるが良い。主に褒められるのは心地が良いのじゃ」

素っ裸で胸を張るものだから、ほどよい大きさのおっぱいがふるんと揺れる。

俺は頬を熱くさせ、顔を手で覆って視界をふさぐ。

「まぁ、ベッドはすぐに準備できないかもしれないが、今よりいい寝床は、今回の稼ぎで買っていくつもりだから」

「うむ。期待しておるぞ、旦那様よ」

紫水晶《アメジスト》の瞳が細められて、ニコッと笑みを見せられると、ドキッとしてしまう。

わかっていたつもりだが、やっぱりデミウルゴスはかなりの美人だ。それでいて仕草がいちいち可愛いのである。はぁ……ほんと、なんでこんな最上級の美少女が、俺なんかを好きになってくれてるんだか。

※

「デミウルゴス、俺は町の中でお前のことを人間の少女【デミア】として扱うからな、そのつもりで頼むぞ」

「うむ、心得たのじゃ、旦那様よ」

宿から出て、俺たちは商業ギルドへと向かう傍ら、そんな会話を交わす。

彼女の名前、【デミウルゴス】というのは、人間社会においては禁忌の名だ。おいそれと外で名前を呼んでしまい、奇異の目で見られるだけならまだしも、余計なトラブルを呼び込むことになっては面倒だ。そんなわけで、デミウルゴスの人間社会での名前を決めた。

【デミア】。

それが彼女に付けた偽名である。

そして俺も、アレスという名前は封印し、昔使っていた偽名である【アレクセイ】を名乗ることにした。まぁ、アレスという名前などそれほど珍しくもないが、世間で色々とやらかした勇者と同じ名前では、あまり快い印象を持たれないかもしれないからな。

というわけで、シドの町にいる間、俺はアレクセイ。デミウルゴスはデミアと名を偽ることになった。

見たところ、ここはかなりの田舎町のようだし、俺の顔を知っている者はいないと見ていいだろう。そもそも、二年前の旅でも、この町には寄らなかったしな。

石造りの建物は少なくほとんどが木製だ。道路もほとんど舗装されていない。俺が勇者として旅に出るまで暮らしていた町に、よく似ている。決して閑散としているわけではないが、大きな町と比べるとやはり活気は大人しい。しかし市場に出れば客を呼び込む商人の声が聞こえてくるし、道行く人々の表情は明るい。盛大な喧騒こそこの町にはないが、どこか心が温かくなるアットホームな雰囲気が全体に漂っている気がした。

「さて、とりあえず最初は商業ギルドに登録しに行くか」

「うむ。我は人間の町は不慣れじゃからな。主の行動に従おう。それと……」

言葉を切ると、デミウルゴスは俺の腕に、自分の腕を絡ませてきて……

「って、おいデミウ……デミアっ、何してんだ!?」

「見ればわかるじゃろ、腕を組んでおるのじゃよ」

咄嗟にデミウルゴスと呼んでしまいそうになり、慌ててデミアと呼び直す。

いや、それよりも、この状況だ。デミウルゴスは体をしっかりと俺に密着してきて、腕は彼女の胸の谷間にちょうど挟まれるような格好になってしまった。

おいおい、周りからの視線が……特に、野郎連中からの嫉妬と殺意が混ざったどす黒い視線が〜〜っ！

「う、腕を組んで、って……なんで？」

「うむ。主はすでに我のものである、という他の女どもへのアピールじゃ。旦那様はフェニックスにも勝てるほどの実力者じゃし、強いオスにメスは惹かれるからのう。油断は禁物じゃ」

「アピールて……」

女に関心を持たれたことのない俺に、色目を使ってくる奴なんかいるわけない。つまり、デミウルゴスの心配は単なる杞憂というヤツなのである……自分で言っててなんだが、すごい悲しくなってきた。

「まぁ、それは建前で、我が単に主にくっついていたいだけじゃがの。ふふふ……」

などとデミウルゴスが口にした瞬間、周囲の男連中から刺さる視線に圧が増した気がする。

昨日、町に入ったときからそうだったが、デミウルゴスは町の中でかなり注目を集めていた。

そもそもずば抜けた美人で、それでいて銀の長髪に紫水晶《アメジスト》の瞳という、なかなか人間離れした容姿をした彼女が、関心を集めてしまうのは道理と言えた。男はもちろん、女性からもどこか羨望と嫉妬が篭った視線を受けていたくらいだ。その注目度はかなりのものだ。

そして、そんな彼女の隣には、冴えない男が立っている。

男からはそりゃもう敵意バリバリの嬉しくない熱視線を肌に感じて、居心地が悪いのなんの。しかも注目の女性が俺にベタベタと甘えた仕草をしてくるものだから、変に悪目立ちしてしまっていた。

「ふふふ……主の腕はたくましいのう。我としては、一刻も早くこの腕に抱かれ、愛を育みたいものじゃ。のう、旦那様よ」

「お、おい……往来で妙なことを口走るな……！」

すっげぇ恥ずかしい。

俺は声を抑えてデミウルゴスに注意する。しかしデミウルゴスは意味深な笑みを浮かべるだけ。しかも何を考えているのか、余計に俺へと密着してきた。

「ふふ……言うたであろう？　我は主との仲を、周りに見せ付けておるのじゃ。他の者の視線など気にするな。主は我だけを見て、我だけを感じておればよいのじゃ」

なんて調子で、デミウルゴスは俺に甘い声で囁いてくる。

ぼっ、と顔が熱くなり、早くなった血流のせいで、心臓の鼓動がうるさいくらいに跳ね回る。

おかげで、周りから向けられる好奇と嫉妬と殺意の視線は、俺の意識から弾き出されてしまった。

……ああ、まったく、こいつは。

彼女から向けられる感情は、決して嫌というわけではないが、やはりもう少し自重してほしいと思う。

なんてことを考えながら、俺とデミウルゴスは商業ギルドを目指し、腕を組んだまま歩き続けた。

⁜

「暇ですねぇ……」

亜麻色の髪を三つ編みにした小柄な少女が、カウンターに頬杖を突いて呟いた。

ここは商業ギルド。町の中心に程近い場所に建つ冒険者ギルドとは違い、町の端っこで静かに運営されている。端っこと言っても、町の正門に程近い場所に立てられているため、立地が悪いわけではない。むしろここに建物があるのだって、毎日訪れる商人たちを町の入り口ですぐに迎えられるようにという立派な理由があるのだ。

決して町の中心地に土地を確保できなかったとか、そういう理由では決してない。ないったらない。

「暇ですねぇ……」

またしても、三つ編み少女が同じワードを繰り返す。

すると、その言葉に反応したもう一人の人物が。

「ああもう！　暇、暇ってうっさい！　少しは黙って待機してらんないの!?」

赤茶色の髪を二つに分けて括った、俗に言うツインテールの少女が、声に苛立ちを滲ませて隣に座る相方を睨みつけた。二人はこの商業ギルドで商人登録と物品買取・査定を担当する少女たちであった。

しかし、受付カウンターが設置されたギルド正面のロビーには、人っ子一人いやしない。まさしく閑古鳥が鳴いているのである。

受付のカウンターは、正面から見て三つに分かれている。中央に三つ編みの少女が座り、その右隣にツインテールの少女が座っている。彼女たちはそれぞれカウンターごとに別の仕事を割り振られているのだが、今は相手にしなければいけない客や商人が、全然いない。そのため、暇を持て余している状況であった。

「だって【リゼ】せんぱ～い。ここ最近、全然商人が町に来ないじゃないですか～」

先輩と呼ばれたツインテール少女。名をリゼという。鑑定士のジョブについている彼女は、ここに訪れた商人から物品の買取を行っている。新人商人にこの地域の物価を指南する役目も担っていた。

「しかたないでしょ。なんだか最近になって、この町の周辺で大型の魔物が見つかって、結構な騒ぎになったんだから。おかげで、商人たちがなかなか来てくれなくなっちゃったし……でも、いつ誰が来るかもわからないんだから、そんなだらけた格好をしてると恥を掻くわよ、【オリーブ】」

「とは言ってもですよリゼ先輩。この一ヶ月で、このギルドに新規登録や物を売りに来た商人さんが、いったい何人来たのか覚えてますか？　二人ですよ！　二人！」

「う……」

リゼに反論する三つ編み少女の名前は、オリーブといった。町で商品の売買をするためには、この商業ギルドに登録する必要があり、それを担当するのが彼女であった。それと、町で商人ごとに特定の顧客ができるように、店や客などを紹介したりする仕事も彼女が担っている。

また、町で店を持ちたいという商人に向けた土地の紹介や支援も、このギルドでは請け負っていた。それを、今は空席のカウンターで受け付けるのだが、その担当者は今は不在である。

「そもそも、大きな魔物ってなんなんですかね？」

「知らないわよ。どっちにしたって、アタシたちにはいい迷惑だわ」

「ですね〜。おかげで誰もギルドに来ませんもんねぇ……」

ここ最近、町の周辺では大型の魔物がうろついているという話が噂として広まっており、実際に町で活動する冒険者が、たびたびその姿を目撃しているそうである。しかも、魔物の噂が広まるのと同時に、冒険者ギルドでは魔物討伐の依頼が、通常の一・五倍ほどに増えたそうだ。町へ商業のために訪れる商隊が、魔物の襲撃により壊滅させられた、なんてこともあり、今この町には、外から商人がほとんど訪れなくなっていたのである。

「冒険者ギルドのほうは、魔物の対応で忙しいって話なのに、うちたちは毎日ずっと来ない客を待つ日々……暇で干からびてしまいますよ〜」

「まぁ、わからなくもないけど。でもお金を貰ってる以上はしっかりと働かないとダメよ。じっと待ってられないなら、何か仕事を探しなさい。暇なんでしょ？」

「うへぇ……先輩まじめ〜。というか、そういう先輩は何してるんですか？」

「アタシは最近やたら高騰気味の物価を調べて、種類ごとにまとめてるわよ。オリーブも、暇ならロビーの大掃除なり、顧客リストをまとめるなり、何でもいいから仕事すれば？」

「は〜い」

気のない返事をしつつも、何もすることがないオリーブは、カウンターの裏手に回って、スタッフルームから清掃用具を取り出してきて、掃除を始める準備を進める。

誰もいないロビー。掃除がはかどりそうである。

さて、面倒だけど始めますか……なんて心の中で思いながら、ハタキを持って埃を落とそうとした矢先。

不意に、正面の扉が開き、カランカランというベルの音がギルド内に響き渡った。

途端、リゼとオリーブが目を見開き、扉を開けて入ってきた人物に目を向ける。

すると、一見するとぱっとしない青年一人と、目を疑うような美女が一人、並んでギルドに入ってきたのだ。

「い、いらっひゃいまへ！」

と、慌ててハタキを放り投げたオリーブは、およそ一週間ぶりに訪れる客を前に、噛みまくりな入店挨拶をしてしまう。

「い、いらっしゃいませ！」

カウンターで作業していたリゼも、オリーブのように噛みはしなかったものの、目を見開いて焦った調子の挨拶を口にした。

男は建物の中を見渡すと、少女二人に視線を移動させた。対して少女は、じ～っとリゼとオリーブの二人を、半眼で見つめてくる。いや、どちらかといえば睨んでいるように見えなくもない。なまじ美人であるだけに、その迫力は相当なものだ。

「お、お客様、本日は、どのようなご用件で？」

近くにいたオリーブが、先ほどまでのだらけた態度を一変させ、二人に近づき応対する。

そんな彼女に男は目を向けると、用件を口にした。

「ああ、実はこのギルドで町で物を売るための登録をしたくてな」

「なるほど！　では新規に商人としての登録をさせていただきますので！　こちらへどうぞ！」

オリーブは男の腕を掴んで、ぐいぐいと引っ張っていく。

久方ぶりの客に興奮している様子であった。しかも、自分が担当となる新規の登録者。テンションは爆上がりであった。

そのせいであろう。

男の腕を掴んだ瞬間、隣の女性から底冷えするような怒気が放たれたのだが、全く気付くことはなかった。

「ではでは、まずはこちらに必要事項を記入していただきまして、その後に、お客様の扱いたい商品ごとに、今後役立つ取引相手やお店なんかを紹介しますね」

「あ、ああ。よろしく頼むよ」

「はい！　それでは、まずはこちらの用紙にですね、お名前と生年月日を記入してもらって、それからですね……」

と、オリーブは記入してもらう必要がある欄の説明をしながら、用紙の欄を埋めさせていく。

その過程でわかったことは、男性の名前がアレクセイということと、生まれはここからずっと南西の方角にある王都周辺の集落、ということであった。

「――これでいいか？」

「はい、確認させてもらいますね…………はい、大丈夫です。それにしても、アレクセイさんって王都の近くに住んでたんですね。いいなぁ、うちも一回でいいから、王都に遊びに行ってみたいです」

「はは……近くといっても、結局はこの町とそう変わらないよ。けっこう山の中にあったしね」

「そうなんですねぇ。あ、すみません。話が脱線しちゃいました。それでは、これから扱いた い商品は、主に薬草や食料、それと、魔物の素材ですね……もしや、今日も何かお持ちですか？」

オリーブは、気さくにアレクセイと世間話を交わしつつ、自分の仕事を進めていく。

さっきから店の隅で銀髪の少女がすごい顔でオリーブを睨んでいるのだが、今の彼女にはアレクセイという客しか見えていなかった。ある意味、幸いである。

「ああ、実はすぐに金が入用でな。ある程度は売れそうな物を持ってきてはいるんだが……」

「っ！　それならこっちですぐに鑑定して、現金にしてあげるわよ！」

と、カウンターの隣からリゼが身を乗り出して、手を上げた。

リゼにとっても彼は久しぶりの客であり、しかも商人としての登録だけではなく、売りたい物まであるという。ここで食いつかないわけがなかった。

「へぇ、ここって商品の買い取りもしてくれるのか。商業ギルドって便利なんだな」

「ええ。でもここで物を売る際は少しだけ手数料が掛かるの」

ここで買い取られた品物は、ギルドが市場に流して、一般の市民に渡る仕組みになっていた。流通の仲介料として、ギルドは売主から買取金額の二〇パーセントを徴収する。まだ顧客を確保してない商人のための仕組みであり、また商業ギルドの収入源の一つでもあるのだ。ギルドづてに顧客や他の商人に口コミが広まれば、新規の商人にも安定した販路が出来上がる可能性がある。ギルドはそうやって町に流通を新規に開拓していくことも生業にしているのである。

「手数料か……」

手数料という単語に、アレクセイの顔が渋くなる。

それを見たリゼは、マズイ！　と心の中で叫び、咄嗟にこう切り出した。

「ふ、普段なら二〇パーセントの手数料を貰うんだけど、今回は初回割引で半分の一〇パーセント……いえ……五パーセントでいいわ！　どう!?」

もうなんというか、やぶれかぶれである。

というのも、ここ最近では商人がギルドを訪れず、ギルドの管理する商品在庫が非常に少なくなっているのである。ギルドとしても、物を売って金を儲けなければ、運営していくことができなくなってしまう。手数料も確かに収入の一つだが、ここはこの新規の商人に甘い汁を吸わせても品物を確保したかった。

「五パーセントか……まぁそれなら、手取りはほとんど俺たちのものか。じゃあ、それで買取を頼もうかな」

「はい！　ありがとうございます！　ではでは、どうぞこちらへ！　あ、オリーブはその間に商人手形を準備しているといいわ。あたしは彼の品物を査定してるから」

「あ、先輩ずるいですよ！」

「もう彼にやってもらうことはないんだからいいでしょ。さ、こっちよ」

「お、おう」

と、今度はリゼに腕を掴まれて、別のカウンターに引っ張られていくアレクセイ。

途端、ギルドの端っこから凄まじい冷気が放出されるのだが、もちろんリゼも目の前のアレクセイに集中しているせいで気付けない。

「それじゃ、さっそく品物を見せてくれる？　初回ってことだし、多少は色を付けてあげるわ」

「お、それは嬉しいな。つっても、そこまで数はないんだけどな。ほい、これ」

そう言って、アレクセイは葉っぱや樹の蔓でできたバッグをカウンターに置き、中から物を取り出していく。

「へぇ、葉っぱの鞄なんて珍しいわね。でも、けっこう丈夫そうね？　もしよければ、これも買い取ってあげるわよ？」

「お、本当か？　じゃあ、これも売っちまうかな」

「分かった。それじゃ、品物を拝見するわね」

カウンターの上に並べられた毛皮と、一見すると薬草らしき植物の葉。

リゼは早速、鑑定士の能力で、査定を始めようとしたのだが、

「あ、すまない。実はこれと、まだ少しだけ売りたい物があるんだ」

「あら、そうなの？　それじゃ、そっちも一緒に出してくれる？」

最初に一緒に出せや、と思わず言いたくなってしまったが、そこはぐっと飲み込んだ。なにせ彼は久しぶりに訪れた、大事な大事な客である。ここで機嫌を損ねるわけにはいかない。

「ああ、実は、これ、なんだけどさ」

と、男は懐から、真っ白に輝く果物を取り出して、カウンターに置く。

瞬間、リゼの目が思いっきり見開かれ、表情に驚愕が浮かぶ。

「え？　アレクセイさん、これ……え、これって……」

「ああ、あまり大きな声では言えないが、こいつは正真正銘、本物の【ホーリーアップル】だ」

「っ!?」

途端、リゼの体に電流が流れた。

※

「【ホ、ホーリーアップル】、ですって？」

「ああ。その通りだ」

俺は受付のツインテール娘が驚愕する中、平然と答えた。

驚きに目を見開く少女。

彼女はそっと白い果実を手に持つと、無言のまま凝視した。

「嘘を言ってるとは思えないけど、調べさせてもらうわね」

「おう」

おそらく、彼女は鑑定士か何かのジョブ持ちなのだろう。ここで品物の査定をしているのがその証拠だ。

「…………うそ。これ、本物……？　本物の、ホーリーアップル？」

「だからそう言っている」

唇を戦慄かせ、ついで彼女は、カウンターに広げられたキルラビットの毛皮や薬草類に目を向けた。

「こっちは、キルラビットの毛皮ね……で、こっちの薬草は……え？　これってまさか、【エルフの霊草】!?　こっちは……【エーテルリーフ】!?　これも、これも……どれも、市場じゃ最高級の薬草じゃないの！」

キルラビットの毛皮には通常の反応をする彼女だったが、薬草類に目を向けた途端、その表情は再び驚愕に染まった。

あ、しまった。ホーリーアップルは目に見えて希少なものだと判断していたが、まさか薬草までそこまでの代物だとは。ちゃんと俺自身で鑑定してから持ってくるんだった。てっきり普通の薬草だと思って持ってきちまったぞ。

とはいえ、今更ひっこめることもできないから、もうこのまま成り行きに任せるしかない。

「ちょ、ちょっと待ってて！　あ、これ全部預からせて貰うね！」

「って、ちょっと！　君!?」

ツインテ娘は、俺が持ってきた毛皮や薬草、ホーリーアップルを、全てカウンターの裏に持っていってしまった。

……まさか、ネコババなんてされない、よな？

いやいやいや。ここは仮にも商業ギルドだ。信頼を失ったら商売どころでない。きっと、集中して査定するために後ろへ下がったのだろう。うん……大丈夫、だよな？

俺は、商人登録してくれた三つ編みの少女に目を向けるも、困ったような顔を見せて「ちょっとだけ待っててあげて下さい」と口にして、自分の作業に戻ってしまった。

――そして、待つこと一時間。ツインテ娘が戻ってきた。

……って、長い!?　え？　ちょっと、って言ったじゃん！　一時間はさすがに長くないか!?

しかし、まだ戻ってきただけマシか。

待ってる間、商業ギルドで登録した商人の証である『手形』を貰い、それでも戻ってこない娘に不安を募らせながらも、しばらく待っていた。

そして、戻ってきたツインテ娘は、上気した顔で「はぁはぁ」と呼吸を荒くして、カウンターにダン！　と麻袋を置いた。

「お、重かった……あ、ごめんなさい。はい、これが、今回の、アレクセイさんへの、お支払いに、なりますね！」

「あ、ああ……ありがとう。中を確認しても？」

「ど、どうぞ……」

いまだ呼吸を荒くしている彼女。そんな彼女をチラッと盗み見たあと、俺は麻袋の口を開けて、中を確認。

すると、眩いばかりの黄金の輝きが俺の視界に入り込んできた。

「ぜ、全部で……一四〇万ゴールド、です！」

「はっ⁉　ひゃ、一四〇万？！！」

⁜

「……いったい何者よ、あのアレクセイって男」

「いやぁ、まさかあの量の品物を持ち込んだだけで、あんなに稼いでいくなんて。ねぇ、先輩」

「あんた、そんなお気楽な……」

アレクセイたちが去ったあと、リゼ、オリーブは買い取った商品を保管するために、建物の裏手にある倉庫へと足を運んでいた。

正面入口には『休業中』の札を掛けておいたので、誰かがギルドに入ってくる心配もない。

「というか、オリーブは気にならないの？　レア素材ばっかり、こんなに……」

棚に買い取った薬草を並べながら、改めて先ほどの男の顔を思い出すリゼ。

今、彼女たちが整理している薬草は、どれも高品質で、また希少価値の高さから、市場での価格がとんでもないことになっている逸品ばかりだ。

これらはリゼも数年に一度しか見ないほどの珍品であり、王都のような都会ならまだしも、こんな田舎町ではそうそうお目にかかることは難しい。通常の薬草一束が市場で約一〇〇ゴールド前後だとすると、今回仕入れた薬草はその十倍近い値段で取引されている。ポーションなどの薬品に加工すれば、さらに高値で売れるはずだ。

しかも、最近は冒険者ギルドで魔物の討伐依頼が増えて、それにともなって怪我人も増加傾向にある。つまり、薬草そのものや、薬草を原料にした回復薬が、今は飛ぶように売れているのだ。そのせいで、市場の値段はいつもより高くなっている。

だが、ギルドには町の政府から魔物討伐のために支援金も出ているそうなので、冒険者の羽振りはいい。きっとこの高級薬草とて、わりと簡単に売れることだろう。

が、一つ……少し厄介な商品が今回は入ってきていた。

「はぁ～……【ホーリーアップル】かぁ……これ、どこに売れるってのよ」

ホーリーアップルは、体力や状態異常の回復に、能力増強ができる希少な食材だ。

しかし、価格が阿保みたいに高いのである。それこそ、あれ一個で家が買えちゃうくらいだ。自然に自生している姿を見た人はほとんどおらず、ダンジョンの奥地などでしか見つからない希少品。今から二年くらい前、まだ魔神の脅威が世界中で猛威を振るっていた時期は、冒険者の魔物討伐の活動頻度も多く、ダンジョンに潜る機会も多かった。そのため、年に二、三回程度はホーリーアップルを仕入れていた記憶がリゼにはある。しかしその頃と比べて、冒険者がダンジョンに潜る頻度自体が下がっており、ホーリーアップルが新規に発見されることはほとんどなくなってしまった。おかげで、市場に出回る数がかなり少なくなり、比例して価格も恐ろしいくらいに高騰してしまったのである。

おかげで、価格が上がる上がる。天井知らず状態だ。

もはや、貴族の収集品とか、そういう用途でしか売れない。

この町にも貴族がいないわけではないが、このホーリーアップルを買えるほど余裕があるかはわからない。何せ田舎の町を管理している貧乏貴族だ。

正直、リゼとしては買い取りを拒否したかった品である。

どう考えても扱いが難しすぎる。

「今回ギルド《うち》での買取り価格が八〇万ゴールドでしょ……で、もし町の商人にこれを売るなら、うちの利益を上乗せして……一〇〇万ゴールドくらいかしらね……さらにそれが消費者の手元に渡る頃には…………」

売れるわけねぇ！

いや、確かに優秀な回復アイテムであることは認めよう。だが、一般の冒険者の手には絶対に渡らない。あまりにも高すぎる。

「にしても、そんな希少なもの、一体どこから手に入れてきたのよ、あの男は……」

持参した品々がほとんど高級品であり、並みの冒険者数か月分の稼ぎを一度で手にしていった男。

そして一緒に連れていた女性は、一国のお姫様かと疑うほどの美少女。あまりにも美人すぎて、ちょっと近寄りがたい。そんな女性を連れている彼は、本当に何者なのだろうか……。

正直、持ってきた品物の数々から、上流階級の人間であると言われても信じて疑わない。

「でも、あの人が何者であれ、扱い方次第では、アタシたちのギルドにとって、大きな利益になるわね」

彼がどんな背景を持った人物にしろ、うまくやればギルドに大きくプラスになるのは間違いない。最悪、犯罪組織が裏にいる可能性もゼロではないので、慎重に対応しなくてはならない相手ではあるだろう。だが、それを抜きにしても彼という人物が今後ともギルドで取引をしてくれるのであれば、儲けは相当なものになる。

まぁ、今回のようにホーリーアップルみたいな規格外な品を持ってくるのは勘弁願いたいが。

なんて思惑を滲ませるリゼに、しかしオリーブは、

「うわぁ、先輩ってかなり嫌な女～」

などと口にした。

「うっさい。アタシはギルドと結婚してんの。このギルドが発展すれば、アタシにとって他人なんてどうでもいいわ。利用できそうな相手がいるなら、とことん利用していかないと」

「……先輩、仕事にかまけて、恋人の一人もできたことないからって、仕事に逃げるのは

「……」

「ああん!?」

「いえ、なんでもないです」

その後も、二人は買い取った物をリストにまとめたり、販売先を考えたりと、しばらくぶりの商業ギルドらしい仕事に、精力的に取り組んだ。

「いい、オリーブ。彼を他の商業ギルドに取られるのだけは絶対に阻止するわよ」

そのためには、彼には存分に、ギルド《うち》で甘い汁を吸ってもらう。

そしてゆくゆくは、そのおこぼれをギルドに還元してくれることを願って。

「確か、またうちに来るって言ってたし、今度はただの商人登録じゃなくて、専属契約を結ばせるわ。そうなれば、彼の品物をうちで独占販売できる。うまいことすればギルドが大きく発展するかも」

逃がしてなるものか、金の生る木。

今日は取り乱して、詳しい話を聞く機会を失ったが、次はもっと深く食い込んでやる。

ギラギラと瞳に炎を点し、商魂たくましく次に備えて思考するリゼであった。

※

「いやぁ、しっかし。まさか一四〇万も一気に稼げるとはな……正直、エルフの森の薬草、舐めてたわ」

一応、しばらくは町の商店じゃなくて、直接さっきの商業ギルドに品物を納めることで話を進めておいた。今はまだ、町の相場をあそこで学ばせてもらおう。いずれは町の商人たちに商品を売りにいくとはいえ、買い叩かれては面倒だ。

しかし、結局もってきたホーリーアップルは一個しか売らなかったな。でもま、あそこでもう二つのホーリーアップルを取り出したら、あのツインテの女の子、卒倒してたかもしれないし、あれで正解だろう。受け取った買取の明細を見ても、ホーリーアップルは俺が知る相場の三倍近い額に膨れ上がっていた。

他の薬草類も、普通の薬草と比べればはるかに高い。正直、持っていった俺自身がかなり驚いたくらいだ。

今の相場や持っていったモノの価値を知らなかったとはいえ、あまりにも高額商品ばかりでは、俺にも変な疑いが掛からないとも限らないしな。

例えば、売った商品が窃盗品とか、そんな疑い……

犯罪者はギルドに入れないとも言ってたし、気を付けよう。

特に、俺の過去を知られると、登録抹消とかされるかもしれないから、そっちも隠し通さないといけない。はぁ……身から出たさびとはいえ、気を遣う部分が多くて、気疲れしてしまう。

そして、気を遣うといえば、ここにもう一人、俺の精神を消耗させる存在がいた。

「むぅ～……あの小娘ども、旦那様にベタベタと触りおってからに……もし旦那様との約束がなければ、むごたらしく滅してやったものを」

「あの……デミアさん？」

「なんじゃ、旦那様……」

「いえ、なんでもありません」

ジロッと睨み付けられて、思わず謝ってしまった。

今のデミウルゴスは、先ほど商業ギルドで俺が他の女性に腕を取られたことにご立腹だ。

さっきからブツブツと物騒な物言いが止まらない。

というか、彼女は俺との約束である、「町の中では俺の指示に従う」という言葉を守ってくれているため、こうして我慢してくれている。商業ギルドに向かう途中、俺はデミウルゴスに、「町では騒ぎを起こさず、大人しくしていること」と厳しく言い聞かせておいた。もし問題を起こした場合は、今後町には一緒に連れてこない、と言ったら、素直に従ってくれた。ナイスだ、俺。

なんとなく予想はしていたが、デミウルゴスは相当に嫉妬深い性格をしている。今後は、女性との接触には細心の注意が必要だ。

いくら力を失ったとはいえ、相手は世界の創造神で、人間に恐怖を振り撒いた元魔神でもある。怒らせるのは得策ではない。ああ、もうほんとに、胃がキリキリしてくるなぁ。

どうやってデミウルゴスの機嫌を回復させるか。

チラッと俺の腕に絡み付くデミウルゴスを盗み見る。プクッと頬を膨らませて、まだまだご立腹であるご様子。これは、こっちから何かリアクションを取らないとダメっぽいな。

さて、どうしたものか……

と、俺がデミウルゴスへの対応を思案していると、不意に、

「――よぉ」


「っ!?」

「む？」

背後から、ハスキーな女性の声が聞こえてきた。

後ろを取られた!?　俺が!?

いくら気を抜いていたとはいえ、容易に背中を許すほど隙だらけというわけではない。

俺はデミウルゴスを背後に庇うようにして、背後の存在に振り返る。

するとそこにいたのは、灰色のざんばら髪を腰まで無造作に伸ばした、褐色肌の女性だった。

「くく……ここまで近づいて、ようやくオレに気付くのかよ。随分と衰えたな、姉御」

釣り目がちな柘榴石《ガーネット》のような瞳。口角の上がった口元から覗く八重歯が特徴的だ。身に着けている衣服は布面積が小さく、なかなかに扇情的な格好をしている。そこから覗く野生の獣を連想させるしなやかな肢体。女性的な起伏に富んだ、見事なボディバランス。

そして何より、ただ突っ立っているように見えて、全く隙がない。

こいつ、かなり戦い慣れている……

「何者だ……？」

俺が警戒心を露にしながら、眼前の女性を見据えていると、唐突に背後のデミウルゴスが、背中から顔を出した。

「お前、そのマナの気配は……まさか、【ティターン】か？」

「なっ⁉　こいつが、ティターン⁉」

デミウルゴスの口から告げられた衝撃的な事実に、俺は目を丸くした。

「くく……」

ティターンと呼ばれた彼女は、俺とデミウルゴスに、不気味な嗤いを返してきた。

「そう警戒すんなよ坊主。何もオレは、今ここでお前たちとやり合おうってつもりはねぇんだからな」

「…………」

くつくつと、不気味に嗤うティターン。

これだけ近付かれるまで、本当に彼女の存在に気付けなかった。

相対してみてもわかる。こいつは……かなりヤバイ。

ここは人通りの少ない正門周辺の裏路地だ。そんな場所で、俺はもちろん、デミウルゴスでさえ彼女の存在に気付けなかった。気配の操作、マナの隠蔽……どれも一級品だ。

しかも、一見ただ立っているだけにしか見えない無防備な姿。しかし下手に仕掛ければ間違いなく返り討ちにあう。そんな未来予想が、はっきりと見える。

同じ四強魔《よんきょうま》であるフェニックスより、目の前にいるティターンの方が、明らかに強い。

「久しぶりの再会だ。いきなり暴れるような無粋はしねぇよ。なぁ、姉御？」

「うむ。久しいのう、ティターン。まさかお前も人間に擬態できるようになっておったとはな」

「人間社会を歩き回るには、この姿が一番めんどうがないからな」

目の前にいるティターンは、二〇代前半程度の見た目をしている。フェニックスは完全に幼女の姿を取っていたのだが、擬態には大きく差が出るようだ。個人的な趣味志向でも反映されているのだろうか。

「なるほど。しかし、また随分と唐突に出てきおったな……いったい、何用じゃ？」

俺の背後から、デミウルゴスはティターンと対峙する。

先ほどまでの、怒り心頭だった時とは違い、声に抑揚がない。

「まぁ、ちょいと頼みたいことがあってな」

「頼み？　なんじゃや、それは？」

デミウルゴスが問いを投げると、ティターンは目を細める。

そんな相手の態度に、俺はどうにも嫌な予感がしてたまらない。

初めて出会った四強魔《よんきょうま》の一角であるフェニックスは、デミウルゴスに対して敬意を見せていた。いかに力を失おうとも、生みの親であるデミウルゴスを敬愛しているのがフェニックスからは感じ取れたが。

今、俺たちが対峙しているティターンからは、そういった感情は見えてこない。

いや、むしろ……

「何、そう難しいことじゃない。姉御……あんたが持ってる世界樹の種子……それ、オレにくれよ」

「「っ!?」」

瞬間、俺とデミウルゴスの目が見開かれる。

なぜ、こいつが種子のことを知っている!?

「お前、どこで世界樹の種のことを知ったっ!?　アレの存在を知っているのは、我と旦那様、あとはフェニックスだけのはずじゃ！」

「へぇ、フェニックスの方が先に姉御と接触してたか。そうか、出遅れたな。しかしまぁ、『先代の世界樹』の方に足を運んでたからな。遅れたのは致し方ないか」

「先代……お前、【セフィロト】へ入ったのか!?　どうやって……あそこの入り口は、二年前の我と旦那様の戦闘で塞がったはずじゃぞ！」

デミウルゴスの言うセフィロトとは、おそらく俺とデミウルゴスが二年前に戦った神殿のような異空間のことだろう。あの場所に、この世界を支えている先代の世界樹があると、以前デミウルゴスに聞いたことがある。

「ははは、確かに異空間への入り口は塞がり『かけて』はいたが、完全に閉じちまったわけじゃない。外から強引にこじ開けるくらいなら、オレにだってできる」

「そうか、次元の裂け目を無理やり開きおったのか。さすがは我が直接力を与えた眷属だけあるわい。無茶なことをしよる」

「くく……」と、ティターンがまたしても不気味に嗤う。

彼女の表情を見ていると、俺の背中に嫌な汗が噴出してくるのを感じる。先ほどから、脳内で警報が鳴り響いて止まらない。

「じゃが、なにゆえ世界樹のもとへ向かった？　なぜ主が種子のことを知っておるのじゃ？　そしてそもそも、種子を渡せとはどういうことじゃ？　あれは、世界の希望じゃぞ」

「矢継ぎ早に質問をするなよ姉御。余裕がなさそうに見えてみっともねぇぜ？」

デミウルゴスを、まるで小バカにしたような態度。

ティターンは腰に手を当て、髪をかき上げると視線をデミウルゴスにしっかりと固定した。

「まず、世界樹に何をしに行ったのか？　だったか。単刀直入に言えば、『補給』だ」

「補給、じゃと？」

なんだ、補給って？

言葉の意味がわからず、俺は内心で首を傾げる。

だが、次の瞬間にティターンが口にした台詞に、デミウルゴスは言葉を失うこととなった。

「そうだ。オレはな、世界樹の幹から、直接マナを拝借したんだよ」

「っ!?」

デミウルゴスが、ティターンの言葉に絶句し、限界まで目を見開く。口が開き、握った拳がわなわなと震えていた。

「ティターン、お前……まさか……まさか、世界樹の幹を――傷付けおったのかっ!?」

デミウルゴスが、久しぶりに声を荒げた。ここまでの大声を聞いたのは、俺の記憶でも二年前の戦闘のとき以来だ。

これまでの共同生活で、彼女がここまで取り乱すようなことはなかった。だとすれば、ティターンはそれだけのことをしでかしたということか。

「ああ。その通りだ」

「つ！　貴様！　自分が何をしたのかわかっておるか!?　今の弱りきった世界樹に傷などつければ、瞬く間に枯れてしまうのだぞ！」

「なっ!?」

世界樹が、枯れる!?

それはつまり、世界にマナを与えていた存在が消えるということだ。

もしもそうなれば、魔法文明に頼りきりなこの世界は……！

「くく、お前から貴様、か……ああもちろん。わかっててやった。だが、オレがこの世界に生まれてから数千年……さすがに体内のマナが枯渇してきてな。新しい魔物を生み出すことができなくなってきててなぁ……まぁ、仕方ないってやつさ」

「世界樹に手を出した貴様など、もはや我の眷属ではない！　失った力を世界樹のマナで回復させるなど、なんと愚かな……恥を知れ！」

「いやぁ、今までは姉御が近くにいたせいで、世界樹に近づくのは容易じゃなかったからな。

消えてくれて助かったぜ。おかげで『全盛期』にまで力を回復できたからな！」

なるほど。こいつからフェニックス以上の力を感じたのは、それが原因か。

四強魔《よんきょうま》は長くこの世界で破壊活動をしていたが、時間の経過で体内のマナが枯渇し始めたとフェニックスも言っていた。おそらく、四強魔《よんきょうま》全員が同じ状況にあるのだろうと推測できる。

だが、目の前のティターンは、世界樹を傷付けて失ったマナを回復させたのだ。

くそっ、デミウルゴスでなくても怒りが湧く。

世界樹の役割を知っているだけに、ティターンが行った非道はとても許されるものではない。

「さて、次になぜ、オレが世界樹の種子について知っているか、だったか？　それはな、世界樹『そのもの』から聞いたからだ」

「世界樹から？　おいデミウルゴス、今のはどう言う意味だ？」

ティターンが言った、世界樹そのものから、という部分。

そのままの意味であれば、まるで世界樹とティターンが意思疎通したような言い方だ。

「おそらく、ティターンは【世界樹の精霊】から、種子について聞き出したのじゃろう。力を温存するために眠っておったあやつを、無理やり叩き起こしてのう！」

デミウルゴスが怒りに震えている。

世界樹の精霊という単語は初めて聞いたが、おそらくそいつが世界樹の意思というやつなんだろう。ということは、世界樹は人間と同じように、思考し、会話ができるだけの知能を持っているということだ。

「くく……あの樹、幹を剥いでやったら、なかなかいい感じに苦痛を堪えてる感じだったぜ」

「〜〜〜っ、ティターン、貴様〜……っ！」

「あははっ！　仕舞いには痛みに我慢できなかったのか種子のことも吐いちまって、自分が助かろうとしたくらいだ。『死に掛けの自分よりもそっちの方が大量のマナを持ってる』とか言ってな！　いやはや、世界樹なんて言っても、所詮は生物か。大切な分身を売るとか、笑いが止まらなかったぜ！」

「この、下衆が……」

ティターンのあまりの非道っぷりに、デミウルゴスは表情を歪め、握った拳からは力を入れすぎたためか血が滲んでいる。

一方で、俺は少し、ティターンが語った言葉に違和感を覚えていた。

だが、今はそれを指摘していられる状況でもない。

最後にデミウルゴスが投げかけた問い。

『種子を渡せとはどういうことじゃ？』

この質問に対するティターンの答えなど、もはや聞くまでもなく、ろくでもないことに決まっている。

そして最悪、ティターンがこの後にどんな行動を取るか。

それすらも、手に取るようにわかるというものだ。

「さて、もうここまで言えば、オレが世界樹の種子を欲している理由にも、おおよその目星くらいはついてるんだろ？」

「どうせろくでもないことじゃろ。おおかた、種子を取り込んで更なる力を得ようとでも考えておるのじゃろ？」

「その通り！　さすがは姉御！　オレの生みの親だぜ！　この短時間でオレの思考をしっかりと把握してくれるとは、嬉しい限りじゃねぇか！」

「貴様、その後に世界がどうなるか、わかっておるのか!?　世界樹なくして、この世界は存続できんのじゃぞ！」

「そこはオレも考えてる。いたってシンプルだ。この世界に住む人間も、動物も、魔物も、全て殺し尽くして大地に還せばいい！　そしてオレは新しい世界樹を創造し、この世界に唯一の存在として君臨する！」

　こいつ、完全に頭がいかれてやがる。

　世界中の生き物を殺戮し、自分が世界の支配者を気取るつもりなんて、完全に思考がぶっとんだ奴じゃねぇか。

「――……そう、オレは新しいお前になるんだ、創造神デミウルゴス！　さぁ、種子の場所を吐いてもらおうか。嫌だと言うなら、その体に苦痛を与えて聞き出してやるよ！」

「何故、そこまで力を求め、世界を欲するのじゃっ、ティターン！」

「何故？　そんなもん、『その方が面白そう』だからに決まってんだろ！」

「なっ!?」

ティターンがもらした言葉に、デミウルゴスは絶句する。

こいつ、世界の大事に対して、ただ面白そうとか抜かしやがった。

世界樹を傷付けるなんて、一歩間違えればすぐにでも世界を滅ぼしかねない愚行を、そんな理由で実行したのかと思うと、ただ唖然とする。

「長く生きていくにつれて、オレはこの世界がつまらなくなった。魔物を生み出して人間どもを殺戮する、ってのは、それなりに楽しめたが……それでも、時間がたてば飽きる」

なっ、こいつ……っ！

人殺しをまるで道楽のように語られ、俺の中に激しい憤りが生まれる。

デミウルゴスたちが世界中の人間を手に掛けていたのは、ひとえに世界を救うため。そういう理由があるからこそ、納得はできずとも彼女達の行動には一定の理解もできなくはなかった。

だが、こいつは違う。

先ほどの一言だけで、こいつがまるで世界のことなど考えていないことが証明された。

自分の欲求のためだけに、命を奪う。最低最悪の下衆だ。

「だから、何か面白いことがないか考えたとき、ぱっと思いついたのが、姉御に成り代わって世界を支配してみる、ってことだったんだよ。その果てにどんな未来《さき》が待っているのか、考えただけでも楽しそうじゃないか！」

「貴様……そのようなわけのわからぬ理由で、世界樹に傷をつけ、あまつさえ種子まで取り込もうなどと考えおったのか……乱心したな、ティターン！」

口元を歪に歪めて嗤うティターンと、憤慨も露に今にも飛び出していきそうなデミウルゴス。

両者はすでに一触即発。

何かの切っ掛けで戦闘に発展する。が、今のデミウルゴスに戦う力はない。

このまま無策に飛び込めばティターンのいいようにいたぶられるだろう。

「くく……そんなことはどうでもいいだろ？　さぁ、素直に種子のありかに案内するか、それとも体に聞いてほしいか、好きに選べよ、姉御」

「っ……」

デミウルゴスは苦虫を噛み潰したかのように表情を歪める。ここで自分がティターンと戦っても、勝ち目がないと理解しているのだろう。

ティターンのマナが、フェニックス同様に枯渇しているならばともかく、あいつは全盛期の力を取り戻しているのだ。到底かなうはずがない。

「返事はなしか？　なら……」

すると、デミウルゴスからの返答を待たずして、ティターンは膝を曲げて腰を低くした。

その動きに、俺は咄嗟に周囲の道なりを思い出し、町の正門までのルートを導き出す。

ここでティターンとやりあうのはマズすぎる。

何とか町の外まで出る必要があった。

思考は一瞬で固まった。あとは実行するのみ！

「やっぱ体に訊くのが、手っ取り早いよな！」

俺はティターンが勢いよく飛び出してきた瞬間、デミウルゴスを腕の中に抱えて一足飛びにその場から離脱した。

「っ、旦那様!?」

「ここじゃマズイ、外に逃げるぞ！」

今まで立っていた場所に、ティターンの拳が突き刺さっている。

「ははっ！　オレの動きに反応できるのかよ、人間！　おもしれぇ！　どこまで逃げられるか試してやる！」

ちっ、やはり反応速度がフェニックスとは段違いだ。あの体勢からすぐにモーションを変えて追跡してきやがった。

だが俺だって、伊達や酔狂で【魔神デミウルゴス】に挑んだわけじゃない。

簡単に追いつかれたりするかよ！

「デミウルゴス、いったん町の外に出るぞ！」

「うむ。任せるのじゃ、旦那様よ」

「おう！」

俺は町の外まで一目散に疾走する。背後から迫る狂気の笑いに意識を引かれそうになるのをこらえ、ただ前だけを見て突っ走った。

そしていよいよ、町の正門が見えてくる。

急に大通りへ飛び出してきた俺たちに、周囲の人たちから奇異の目を向けられる。しかし、構ってはいられない。俺は正門に立つ兵士の制止も振り切って、町の外に出た。

むろん、背後からはティターンも追跡してくる。

街道には人の姿はない。

俺は脚に更なる力を込めて、全力で町から遠ざかった。

「ははっ！　わざわざ町の外にまで出てくれるなんて、オレに『追いつかれたい』って意思表示かよ！　いいぜ、今度は本来の姿で追いかけてやるよ!!」

と、急にマナの気配が濃くなる。

首だけで背後を振り返ると、追ってくるティターンの体が光を発し、徐々に体積を増やしていく。そして、ついには、

「なっ!?」

「ちっ……ティターンめ、本来の姿に戻りおったか」

光がおさまると、身の丈10メートルはありそうな、巨大な筋肉の塊が、そこにいた。

『ふはははは!!　これこそが我輩の真の姿！　人間よ、恐れ戦き、ひれ伏すがいい!!』

声の質やしゃべり方まで変質しており、その巨体ゆえの圧倒的な威圧感はかなりのものだ。

気配だけで押しつぶされそうである。

全身を分厚い筋肉の鎧で覆っており、まるで巌《いわお》のようないかつい風貌だ。ギラギラと輝く柘榴石《ガーネット》のような瞳と、灰色のざんばら髪だけは人間形態と同じだが、それ以外はまるで違う。

腰みのだけを身につけた半裸の状態で、黄土色の肌には幾何学模様を思わせる刺青がびっしり

と彫られている。

姿形は人間とそう大差がない（まぁ、女性体と男性体としての違いはある）が、問題なのはその大きさだ。

見上げなければ顔すら拝めない巨体。それはまさしく、神の巨人《ティターン》。

その名に違わぬ威容である。

「くっ、こいつは、やべぇか……」

ドスドスと、地面を揺らして迫ってくる巨人。

俺が十歩で走り抜ける距離を、ティターンは一歩で走破してしまう。これでは、そう遠くないうちに追いつかれる！

ならばどうするか。決まっている。

「デミウルゴス、悪いがこっからは、別行動だ」

「む？　旦那様よ、いったい何を……」

「――出ろ、【終焉皇《デウス・マキーナ》】!!」

と、俺は走りながら、デミウルゴスと共有している能力を使い、歯車を組み合わせたようなゴーレムを召喚する。

『ぬぅ!?　まさかそのゴーレム、終焉皇《デウス・マキーナ》!?　体は小さいが、間違いない……何故人間がそやつを使役している!?』

召喚された終焉皇《デウス・マキーナ》は、俺たちの少し先で待機していた。

「デウス！　デミウルゴスを抱えてティターンから逃げろ！　フェニックスの下まで走れ！」

《御意》

「つ、旦那様、何を!?」

俺はデウスの下まで走ると、そのままデミウルゴスを託した。

「ああ。俺がここで、あのデカブツの足を止める。その隙に、森までデウスと逃げるんだ！」

「旦那様……しかし……」

デウスの腕の中、デミウルゴスが表情を曇らせて、手を伸ばしてくる。

俺はその手を取った。

「大丈夫だ、心配すんな。俺はお前と命を共有している。だったら、俺が勝手に一人で死ねるわけがないだろう？」

「そう、じゃな……うむ、その通りじゃ。なればこそ、頼む。ティターンの増長した思い上がり、完膚なきまでに叩き直してやってくれ」

「おう！　任されたぜ!!」

そして、俺はデウスを見送ると、背後を振り返る。

すると、

『それと、絶対に無事に戻ってくるのじゃぞ、旦那様よ……』

なんて、声を俺の耳は拾ってしまう。

ああ、これは……――負けられねぇな!!

もう、あと一分もしないうちに、俺とティターンは接触する。

その前に、まずは一発……――かます！

「氷結よ、疾《はし》れ！　――『アイス・ウェーブ』！」

『ぬぅ！』

ティターンに俺の展開した魔法陣から、絶対零度の暴風が吹き荒れ、正面の地面を氷の大地へと変貌させる。

その過程で、ティターンの足も凍りつき、動きを止めた。

『人間、何の真似だ？　我輩とまみえようというのか……』

「ああ。そんでもって、お前をボコボコに叩きのめしてやるよ」

『ほざくなよっ、小僧!!』

ティターンから怒りの満ちた波動がほとばしる。足を覆っていた氷は瞬く間に砕かれて、すぐに自由の身となる。

やはりあの程度では足止めにならないか。

だが、ここに俺が立っている限り、デミウルゴスの後を追わせはしない。

「慕ってくれてる女が待ってんだ……全力で、叩き潰す！」

眼前に迫る巨体を前に、俺は体を、戦闘態勢へと切り替えた。

⁜

「旦那様……どうか、無事で……」

我は、旦那様が召喚した【終焉皇《デウス・マキーナ》】に抱えられ、遠ざかる最愛の男の背を見つめた。

己が無力であるがゆえに、あの場に留まったところで意味がないことは、我自身、嫌でも理解しておる。それでも我は、できることなら旦那様と共にいたいと願ってしまう。もし、我の見ていないところで、旦那様に何かあってはと考えるだけで、胸が張り裂けそうじゃ。

じゃが、もし旦那様がティターンに敗北し、命を落としたのなら、我もまた、命を失う。

我と旦那様は一心同体。

それはつまり、この身の無事が、旦那様の無事を知らせてくれる。しかし、それでも心配せずにはいられぬ。愛しき者が傷つき、苦痛に顔を歪めるやもしれない。たとえ我の身に変化がないからと、なぜ平然としていられようか。

このような感情を抱いたのは、幾星霜の時を生きてきて、初めてのことじゃった。

我にこのような感情を抱かせた男、アレス。

我と交わした『あの時』の言葉は忘れてしまったようだが、それでも我の安否を憂い、こうして戦いの場から遠ざけようとしてくれている。その、なんと胸に心地よい気遣いじゃろうか。

それでも、やはり、我は思ってしまう。

「ああ……我の無力が、今は恨めしい」

すでに、旦那様との距離はだいぶ離れてしまった。

じゃが、聞こえる。激しい戦いの旋律が、ここまで……

「旦那様……旦那様……」

武器もなく、四肢と魔法のみで戦っているはず。
全盛期のティターンを相手に、果たしてどれだけ善戦できるか。
いや、違う。我が思わなければいかぬのは旦那様の勝利のみ。
善戦などという甘い気持ちでは、旦那様にも失礼じゃ。
ゆえに、我は信じよう……旦那様の、
勝利を……

〻

『潰れろ！　――【ロック・ブラスト】！』

ティターンが、俺に向かって土属性魔法を撃ってきた。

迫る巨岩。大きさは目測で二メートル。直撃すればただでは済まないだろう……だが！

「ふっ！」

俺は、向かってくる巨石を【魔力障壁】を展開して防いだ。

すると、ティターンが苛立ちを込めた声を滲ませる。

『今のは、デミウルゴスと同じ、魔力障壁……ということは先ほどの【終焉皇《デウス・マキーナ》】もこの小僧が
……っ！　貴様、なぜデミウルゴスの力を使える⁉』

「はっ！　そんなもん自分で考えろっ、デカブツ！」

『答える気はないか……まぁいい。どちらにせよ。その程度で我輩には勝てぬわ！』

俺が張った魔力障壁は、終焉皇《デウス・マキーナ》と同じく、もともとはデミウルゴスの力だ。数日前のフェニックス戦で、極大魔法の一撃も防いだ優秀な盾である。

ただこの魔力障壁……

『その障壁、魔法は防げても……ぬらぁっ!!』

「っ!?」

ティターンが、その巨体から拳を繰り出してきた。すると、正面に展開していた魔力障壁は音を立てて砕ける。俺は拳が体に到達する前に、地面を蹴って後方へと大きく後退した。

そう。この魔力障壁、魔法には鉄壁の守りを誇るが、物理攻撃には効果が薄いのである。

「くそっ、このバカヂカラめ！」

いくら魔力障壁が物理攻撃に対して脆弱とはいえ、一撃で破壊されるとは。

だが、体のでかさはそのまま力の強さに直結するシンプルな要素だ。

ティターンの体は見上げるほどに巨大だ。体格による不利は必然。今は手にまともな武器も持っていない。魔法は高位の術ほど発動までに時間が掛かる上に、隙も生じやすい。小さな魔法を小出しに打ち込んでも、効果は薄いだろう。

要するに、今の俺には決定打がないのだ。

まさか、デミウルゴスの時のように自爆魔法を使うわけにもいかない。

『無事に帰って来い』と、デミウルゴスからも言われているし、それがなくとも俺が死ねばデミウルゴスだって死ぬのだ。

「ああ、くそっ。制限が多くて嫌になる……なっ！」

俺は掌に火球を生み出し、ティターンに向けて放つ。

『はっ！　小さい小さい！』

しかし、ティターンは軽く手を凪いだだけで火を消してしまう。

この程度ではけん制にもなりはしないか。

こいつは、魔法による攻めを諦めるしかないな。

なら、戦い方は一つ――マルチに行くぜ!!

『ぬぅ!?』

俺は走りながら、初級魔法をいくつも発動させる。先ほどの火球、水の弾丸、石つぶて、風の刃、氷の槍、疾《はし》る雷など、魔法系のジョブを持っていれば誰でも発動できる魔法を、ティターンに向けて放ち続ける。

むろん、この攻撃がティターンにダメージを与えるなんて考えちゃいない。

俺の目的は、ティターンへの、挑発だ。

『ちぃ！　うっとおしいぞ、小僧！』

ティターンは魔法を腕の一振りで散らすと、今度は拳を俺に向かって突き出してきた。

ノッた、単純な奴！

俺は体にマナを循環させ、肉体を強化する。間一髪、俺を叩き潰そうとする拳の回避に成功。

地面にめり込んだティターンの腕に飛び乗ると、一気に上を目指して走った。

『っ！　この小虫が！』

腕を伝って体を上ってくる俺に、ティターンは眉間に皺を寄せて不快そうに声を上げる。

当然、振り落とそうと腕をぶん回すが、その前に俺はティターンの腕を蹴って、一気に奴の顔まで跳躍した。

そして、体を空中で捻り、マナで強化した足を一回転させての回し蹴りを食らわしてやった。

「せやぁっ！」

『ぐふぅ!?』

頬に俺の足を食らったティターンは、大きくたたらを踏む。

ズズンと小さくよろけるも、太い脚で体勢を整え、転倒を免れた。

しかし、俺の攻撃はまだまだこれからだぜ！

『っ!?』

姿勢の崩れかけたティターンに、俺は風の魔法を使って一気に接近。

地面に落ちるまでの数秒間に、今度はダイブアタックの要領で、巨人の鳩尾《みぞおち》に足裏をめり込ませる。

『ぐっ……』

すると、ティターンの体はくの字に折れ曲がり、今度こそ派手に転倒した。

「うし！　まずは俺の先勝！」

地面に仰向けに倒れたティターンを前に、俺は拳を胸の前でぐっと握る。

俺は二年前の旅で、格闘戦術のエキスパートである『拳聖《けんせい》』から、【マスターモンク】のジョブを習得させてもらったことがある。素手での格闘に長けているのはもちろん、マナによる自然治癒力を高める能力も備えたジョブだ。

数日前、フェニックスとの白兵戦で、俺が比較的容易に相手を抑えることができたのも、このジョブによるところが大きい。

マナによる身体強化には限界があり、それを突破して強化すれば、体が自壊する恐れがある。しかしマスターモンクの自然治癒力の強化により、この限界を無理矢理に突破することができるのだ。ゆえに、あの巨体を素手で殴り倒せるだけの強化を行うことができたのである。

『ぐぅ！　人間風情が、このティターンに土を付けるか！　許さぬ……許さぬぞ、小僧!!』

大地を揺らして、ティターンが憤怒の形相で立ち上がる。

体からはマナがまるで湯気のように立ち上り、周囲の景色が歪む。

『我輩はティターン……神の巨人《ティターン》であるぞ！　人間ごときに無様を晒すなど、あってはならんのだ！』

その巨体から発せられる咆哮に、空気が奮える。

俺の体にも、空気の塊がぶち当たるような衝撃が襲ってきた。

『ああ……貴様は楽には殺さぬぞ……四肢を引きちぎり、臓腑を撒き散らしたむごたらしい死を与えてやる！　来い！　【ストーンゴーレム】ども!!』

と、ティターンが号令を発した直後、周囲の地面が盛り上がり、人の形を取りはじめる。

「なっ!?」

時間にして一〇秒も経たないうちに、俺を囲むようにして数十体のゴーレムが出現した。

【ストーンゴーレム】。

その名の通り、岩の体を持つゴーレムだ。世間一般に知られているメジャーなゴーレムである。

攻撃力はあるが、動きは鈍重。しかしその硬い体のせいで、並みの冒険者程度の攻撃は弾いてしまう。その防御力の高さから、冒険者ギルドではB級に指定されている。

『ふははははっ！　人間、果たしてこの数のゴーレムと我輩……同時に相手できるかっ!?』

「ちっ……」

俺は舌打ちをして、ティターンとストーンゴーレムたちを睨みつける。

こいつは、思ったより厄介な事態になったな。

「さて、どうすっかな、この状況……」

見たところ、ざっとゴーレムの数は三〇前後といったところか。

にしても、ティターンの正面で密集するようにゴーレムたちが陣取っている。アレを突破するのは簡単ではなさそうだ。それに一体ずつであればさほど脅威にはならないゴーレムも、これだけの数がいてはなかなかに厄介だ。いくら動きが遅いとは言っても、人間の小走り程度の速度は出せるのだ。油断していたら不意を突かれる可能性は十分にある。

『ははははっ！　これだけの数のゴーレムを見るのは初めてか、小僧？』

口元を歪めて、ティターンがいやらしい笑みを浮かべて俺を見下ろしてくる。

ゴーレムはほとんど集団行動をとることがない魔物だ。確かにこれだけの数が一箇所に密集している光景は初めて見る。

だが、この状況はどうにもならないものでもない。

多少の時間稼ぎは必要になるが、ゴーレムどもとティターンを、一網打尽にできる手段は、ある。少々難しいが、やるしかないか……

「数だけ揃えて、俺をどうにかできると考えてるなら、おつむが弱いぜ、ティターン」

『まだ減らず口を叩くか……その余裕ぶった態度がいつまで続くか、見せてもらおうか！』

ティターンの声に反応するように、ストーンゴーレムたちが一斉に動き出した。手近な場所にいたゴーレムはすぐさま拳を振り上げて俺を叩き潰そうと迫ってくる。

しかし振り下ろされる拳はそこまで動きが速くない。臆せず冷静に状況を見ることができれば、回避は容易だ。

「お返しだっ、でくのぼう！」

そして攻撃を避けた後は、強化した拳や蹴りでゴーレムの体を砕いていく。

鈍い音を立てて地面に崩れ落ちるゴーレム。さすがにこの程度の魔物であれば苦戦することもない。だが、

「って……おいおいっ、マジかよ!?」

俺の目の前で、身体を砕かれたはずのゴーレムが数秒で再生、再び攻撃を繰り出してきた。

『ふはははっ！　そいつらをただのゴーレムなどと思うなよ！　我輩がマナを送り続ける限り、大地から土を吸収し即座に復活するぞ！』

くそっ、そんな再生手段があるとか、反則だろ！

しかし、言ってても状況は好転などしない。状況を打開したいのであれば、少しでも早く『アレ』を完成させるしかない。だがそのためには、ティターンに俺のしようとしていることを気取られないようにしなければ。

ただまぁ、デミウルゴスと戦った時よりは、何倍も状況はマシだ……なら、やってやるさ！

俺はゴーレムの攻撃をかわしながら、戦場を右に左にと、縦横無尽に走り回る。あたかも、成す術もなく慌てふためき、右往左往しているかのように演出しながら。

あまり大声で言えたことではないが、相手を偽ることはそれなりに得意だ。

なにせ、二年前にマルティーナたちをほぼ完璧に騙せたのだから。

「くっ！　おわっ!?　――――っ！」

『く、くはははっ！　無様無様！　再生するゴーレムに手も足も出ないか！　ただ逃げ回るばかりとは、地を這う蛆虫のごとき滑稽さよ！』

自分の有利を信じて疑っていない様子のティターン。しかも、俺が逃げ惑う姿がお気に召したのか、自分が前に出てきて俺を攻撃しようとしてくる様子もない。

これはデミウルゴスにも言えたことだが、強者であればあるほど、自身の力を過信し、驕る。

自分が絶対的な強者であるという思いが、隙を生むのだ。

だからこそ、まさか自分たちより力の弱い存在に、足元を掬われるなんて考えもしない！

「さて、そろそろ完成が見えてきたか……」

俺は地面で、ほんのうっすらと浮かび上がる『魔法陣たち』を見据え、最後の段取りに入る。

魔法陣は遠目ではほとんど地面と同化しており、ティターンの巨体ではその存在を視認することだって難しいだろう。そいつらは、俺がゴーレムから逃げている最中に、地面にこっそりと設置したものだ。俺は最後の仕上げとして、魔法陣が設置されている中心地点に、基点となる魔法陣を設置する。

これで、準備は完了。

あとは、この場を離脱するだけだ。

俺は足に一際マナを集中させて、一気にゴーレムたちの集団から距離を取る。

『ぬぅ？』

すると、ティターンが訝しむような視線を向けてくる。

今の今まで、ずっとゴーレムたちの中を動き回っていた俺が、急に場を離れたことを怪しんだのだろう。

だが、その気付きはあまりにも遅すぎる。

そもそも、これだけゴーレムが密集している中を、ずっと今まで外に抜け出す気配も見せず・・・・・・・・・・・・に留まっていたことに、ティターンは最初から疑問を持つべきだったのだ。

「お前が力だけのバカで助かったぜ、ティターン！　行くぜ！　時すらも氷結させる聖域よ、今ここに顕現せよ――『ゼロ・フィールド』!!」

『なにっ!?』

俺が詠唱を完成させた途端、俺が設置した魔法陣たちが一斉に輝き、光の円を描く。

光は青白く輝き、次の瞬間、広範囲の地面が一気に氷の大地へと変貌した。

すると、氷に変質した大地に立っていたゴーレムたちが、足元から凍りつき始め、体を上っていく。

最後には、全身を氷に覆われて、彫像と化してしまった。

『こ、これは……』

声を震わせるティターン。

この魔法は、最初に俺がティターンに向けて放った氷魔法、『アイス・ウェーブ』の上位互換にあたる大魔法だ。しかもこいつは、最初に魔法陣を地面に描いておき、そこに蓄えたマナを一気に放出して発動する『設置型』と呼ばれる魔法であった。体から放出されるマナを最初の魔法陣の設置で小出しにしているため、大魔法発動直後の硬直がないのも特徴である。

大魔法を放った直後の硬直とは、マナが体から一気に放出されるために起こる現象である。

しかしこの設置型の魔法では、最初に手間をかける分、その後の硬直を回避できるのだ。本当は戦闘中に設置するものじゃなく、罠として事前に仕掛けておくものなのだが。

しかし、ティターンは冷静さを欠いて、目の前で行われていた準備を見落とした。

これがもし他の……かつての俺の仲間たちであれば、通用はしなかっただろう。

だが、力に溺れて状況をまるで見ていないティターンだからこそ、この策は成功したのだ。

「この氷の大地じゃ、ゴーレムが土を取り込むことはできないし、新しいゴーレムだって生み出せないだろ」

『くっ！　だからどうした!?　ゴーレムごときいなくなろうとも、我輩はまだここに健在だ！　いかに雑兵を倒そうが、我輩が生み出せる魔物はまだまだいるのだ！　貴様に勝ち目など』

「いいや……この魔法が発動した時点で、お前の負けだ、ティターン」

『!?　何を世迷言を！　……っ!?』

「ほら、効いてきただろ？」

『なっ!?　わ、我輩の体が、動かん!?』

ティターンの体が、まるで霜でも降りたかのように白くなり、徐々にパキパキと音を立てて凍りつき始める。ストーンゴームたちのように瞬く間に氷付けになっていくわけではないが、少しずつ体は硬くなり、動きを封じられていく。

「ゼロ・フィールドの発動したエリアには如何なる生物をも凍て付かせるマナが充満している。いくらお前の体が、魔法の影響を受け辛いといっても、体内にまで入り込んだマナの効果までは防げなかったみたいだな」

呼吸をする生物であれば、この場に充満した氷結のマナを吸い込まずにはいられない。ティターンとてそれは例外ではないだろう。今あいつの体内では、徐々に内側から体が凍りつき始めているころだろう。

対して俺は、魔法の発動と同時に魔力障壁を展開し、ゼロ・フィールドの効果を無効化している。ゆえにこの死の大地と化した場所でも自在に動き回ることができる。

『ぐっ、ぎ、ぎざ、ま……』

声を出すのも辛そうな様子のティターン。しかし、その瞳には俺への憎悪を燃やし、固まった体を無理やり動かす。

「もう終わりだ、ティターン……こいつで、沈め!!」

俺は氷柱をたらして伸ばされてくるティターンの腕に飛びのり、先ほどと同じように駆け上がっていく。

しかし、今度のティターンは体をまともに動かすことができず、忌々しいものを見るように俺を睨みつけてくるだけ。

もはや声すら出せなくなったか。

だが、それでも俺は容赦しない。

こいつには、世界樹を傷付けられたでかすぎる借りがあるからな!!

「天狗の……いや、巨人の！　増長して伸びきった鼻っ柱、叩き折ってやる!!」

『つ――――?!!』

俺は、ティターンの頭上まで駆け上がり、飛び上がる。そのまま体を縦に回転させ、極限までマナで強化した踵落としを、ティターンの頭頂部に叩き込んでやった。

衝撃でティターンの体がよろけ、地面に向かって前のめりに倒れていく。最後に確認したティターンの目に光はなく、どうやら完全に気絶させることに成功したことを、俺は悟る。

かくして、氷の大地にずどんと大きな音を立てて突っ伏したティターン。

「うし！　終わり！」

その姿に、俺は勝利を宣言するかのように、落下する中で、大きくガッツポーズを取った。

突っ伏したティターンは、徐々に体が小さくなり、出会った当初の人間の姿になっていた。

最初に着ていた衣服はほとんどボロボロになり、全く肌を隠せていない。魔物形態で受けたダメージが、人間形態の姿にも影響を与えているのだろうか？

「さて、こいつどうすっかな？」

いや、考えるまでもないことだろう。

こいつは人間を殺戮することを楽しんでいた外道だ。しかもこいつは世界樹を傷つけ、あまつさえ生みの親であるデミウルゴスにまで手を出そうとしやがったのだ。

その罪は、決して許されるものじゃない。

だとすれば、今すぐにでも息の根を止めてやる必要がある。

……だが、

「…………一度、デミウルゴスのとこまで連れて行くか……」

最後の判断は、あいつに委ねる。

というのも、俺とデミウルゴスが別れる間際に、あいつはこう言ったのだ。

『――ティターンの増長した思い上がり、完膚なきまでに叩き直してやってくれ』

どこにも、「倒してほしい」という言葉はない。

つまり、デミウルゴスはあれだけティターンに怒りを向けていたにも関わらず、殺すことには躊躇したということ。それは、やっぱり……

「どんなに反抗的なことをされても、あいつにとってこいつは、ただの魔物じゃない、ってことなんだろうな……」

デミウルゴスは、ティターンに対して温情を与えようとしているのだと思う。

魔物は人間を殺すための装置だと、かつてデミウルゴスは言っていたが、四強魔《よんきょうま》に対しては他の魔物と違い、思い入れか、あるいは、親心みたいなものが芽生えているのかもしれない。

「こいつは最低最悪な下衆だが……デミウルゴスにとっては、それでも家族なのかもしれないしな……もしこいつを手に掛けるにしても、実際に生殺与奪の決定権を握ってるのは、あいつだろう」

とはいえ、実際に幕を下ろす役目は、俺が担うべきだろうがな。

子供殺しを、デミウルゴスにさせるわけには絶対にいかない。

「さて、こいつが起きる前に、エルフの森に帰るか」

そう口にした俺は、全身に霜が浮いたティターンを背負う。

「うおっ!?　冷たっ！　ううっ、霜焼けしそう」

思いのほか冷え冷えだったティターンに驚きつつ、俺は帰路につく。

……しかしこの時、俺は忘れていた。

発動した『ゼロ・フィールド』の魔法陣を消し忘れて、氷雪の平原を、そのまま放置してしまったことを……

このことが、後々にまで響く面倒ごとを引き寄せる羽目になるなどとは、この時の俺は、まるで考えてもいなかった。

七章　元勇者は元ラスボスの心を受け入れる

「ただいま」

「っ!?」

「あ、帰ってきた」

森まで戻った俺。

まだ入口だというのに、そこにはデミウルゴスが立っていた。その後ろには、フェニックスの姿も見える。どうやら俺の帰りを今まで待ってくれていたらしい。

【終焉皇《デウス・マキーナ》】の姿がないところを見るに、任務を終えて消えたみたいだな。

「おう、今戻った……っと、とと」

片手を上げて、俺はデミウルゴスたちに声を掛けた。

が、デミウルゴスは俺が言い終わるよりも前に動き出して、腰に抱き着いてきた。

「旦那様よ、無事じゃったのじゃな。よかった……よかったのじゃ……」

「あ、お、おう。その、ただいま、デミウルゴス」

「うむっ、おかえりなのじゃ、旦那様よ！」

こちらを見上げるデミウルゴスの表情に、俺は思わず声を詰まらせる。見れば、ちょっとだけデミウルゴスの瞳が赤くなっている。こいつは、相当心配させちまったみたいだな。

いつもこちらを手玉に取るような態度で接してくる彼女だが、時折こうして見せる真っ直ぐな感情には、いつもドキッとさせられる。

しかし、まさかここまで瞳を赤くするほどに心配してくれたのか。

どうやら、俺はデミウルゴスの気持ちの深さを、測り損ねていたのかもしれないな。

「旦那様よ、怪我はないか？　いや、全力のティターンを相手にしたのじゃ。怪我がないわけがないな。なればすぐに傷口を洗って、体や傷を回復させねば。人間はちょっと傷に雑菌が入っただけで死ぬというからの。放っておくわけにはいかんのじゃ。と、後ろにいるのはティターンか！　ぐぬぬ……旦那様のおんぶとは羨ましい……フェニックスよ！　こやつのマナを全て種子に吸わせよ！　この無駄に大きな駄肉がしおしおになるまで搾り取ってくれる！　その後はお仕置きじゃ！　それともかく、ささ、旦那様よ、そやつはフェニックスに任せて、我らは泉に向かうとしようかのう。そこで我が全力で奉仕してやるのじゃ」

矢継ぎ早に言葉をまくし立てるデミウルゴス。

背中におぶっていたティターンはフェニックスに引き取られ、ずるずると襟首を掴んで森の奥へと連行されて行った。

俺からティターンを受けとる際に、フェニックスはボソッと「ティターンに勝つなんて、やるじゃない」とお褒めの言葉を貰ったり。ただ、妙に上から目線なのがちょっと気になったが、あいつらしいっちゃらしいから、別にいいか。

が、それはまた別にして。

「デ、デミウルゴス、わかった、わかったから！　ついて行くから、そんな引っ張るなって！」

「ダメじゃ。絶対に離さぬ……離さぬからな」

言葉通り、小さな手がぎゅっと俺の手を掴んで離さない。

常人と比べれば、デミウルゴスの力は確かに強いのだが、それにしたって手に力が入りすぎている。

正直、ちょっと痛いくらいだ。

「…………旦那様よ、今日はずっと、我と共におれ……心配させた、罰じゃ」

「……ああ、わかったよ」

俺はデミウルゴスに引っ張られるまま、彼女の後ろについて行った。

※

泉に到着するなり、デミウルゴスは衣服を脱ぎ去り、俺もまた、彼女にされるがまま、一緒に服を脱がされる。体を洗うためにここにきたのだから、服を脱ぐの当然なのだが、やはり恥ずかしい。

こうしてお互いに肌を見せ合うのは、これが初めてではないが、どうしても照れが前に出る。

これは、さっさと体を洗ってしまったほうがいいな。

いつまでもデミウルゴスの肌を見ているのは目の毒……え？

しかし、デミウルゴスは俺に振り向いた途端、急に飛び付いて、俺の体に再び抱きついてきた。

「お、おい⁉　水浴びするんじゃ……っ⁉」

「ああ……旦那様よ。我は今日まで生きてきて、これほどの恐怖を覚えたことはない」

「……」

デミウルゴスの告白に、俺は動揺とともに、言葉を飲み込んでしまう。

彼女はギュッと俺の腰に手を回し、胸板に顔を埋《うず》めてきた。

「主と命を賭けた戦いで、本当に死ぬかもしれないと思った時でさえ、我はここまで怖いなどとは思わなかった。そもそも、主が死ねば我も死ぬ。それが命を共有するということじゃ……ゆえに、我が生きておれば、主が存命しておるかはすぐにわかる……じゃが！　そんなことは関係ない！」

デミウルゴスは声を出して叫ぶと、俺をまっすぐに見上げてきた。

「主が死ぬかもしれない。そうでなくとも、大怪我を負うやもしれぬ……そう考えただけで、我の心がどれだけ軋んだか……」

「デミウルゴス……」

瞳が潤み、雫が綺麗な顔を伝う。

紫水晶《アメジスト》のような瞳が、水面に映る月のように、揺らめていた。

「旦那様よ、前のように、キスをくれぬか？　体を重ねてほしいとは申さぬ。じゃから、せめてキスを………うむっ⁉」

俺はデミウルゴスの唇に、自分の唇を重ねた。

ああ、くそ……女の涙って、ずりぃ……

彼女の頬を伝う涙を前に、俺はいてもたってもいられなくなった。

自分を慕ってくれる女性が、泣いている。

そりゃ、頼みを聞いてやりたくなるだろ、男なら。

「……………」

俺も、デミウルゴスも、ただ黙って静かに接吻を交わす。

時折、デミウルゴスが俺の唇をはんで、まるで小鳥が甘えてくるかのようだ。

すると、俺の中で小さな熱が生まれる。最初はほのかに、しかし熱は徐々にその温度を上げて、俺の心から体を侵食しはじめる。

だが、なぜだろう。

この熱は、妙に心地好い。

「ぷはっ……ぅ、む……ン」

息継ぎのために、デミウルゴスはほんのわずかに唇の間に隙間を作る。が、それも一瞬。

またしても唇を押し当て、最初よりも深く密着する。

そんな小さな動きだけで、頭が痺れてきた。

……お前、どんだけ俺のこと好きなんだよ。デミウルゴスがどれだけ俺を想ってくれているのか……触れる唇と、こちらを見つめてくる瞳から、嫌でも伝わってくる。

いったいどれだけ、俺たちは唇を重ねていたのだろうか。

数分か、はたまた数時間か。

名残惜しさを感じつつも、ゆっくりと俺たちは、お互いの口を離す。

すると、デミウルゴスから小さく「あ……」というつぶやきが漏れた。

離れた口と口の間に、透明な橋が掛かり、重力に引かれてプツンと切れる。

「ありがとう、旦那様。キス、大変甘美であった……」

揺れる宝石のような瞳が、俺を見つめる。

「好きじゃ、旦那様。心の底から、愛しておる」

「っ！」

一ヶ月……俺はフェニックスに、それまでの期間中に、デミウルゴスの想いに結論を出すと、
そう、約束をした。

まだ、その期限を迎えてはいないが……

「デミウルゴス……俺は……」

俺は今ここで、その答えを……——出す。

ずっと、俺は自分の記憶が思い出せないことを免罪符にして、彼女の想いに応えることから、
逃げていた。

デミウルゴスは俺に好意を向けている。

その事実を理解していても、自分にはデミウルゴスに好意を向けていたときの記憶がない。

だから、彼女のことが好きなのかどうか、わからない……そんな言い訳を口にして、デミウルゴスの気持ちから目を逸らしていた。

だが、記憶と気持ちは密接に繋がっているとはいえ、好意を寄せてくれていることに甘えて、ずっと待たせるというのは、不誠実なことだ。

確かに、誰かの気持ちに応えるには覚悟がいる。即断できるようなものではない。しかし、『相手が待ってくれるだろう』という甘えを持った瞬間、それは対等に気持ちを交換している状態と言えるのだろうか？　時間を掛けた分、相手への気持ちが、深くなるのか？

否。

どれだけ相手を尊敬し、気持ちに寄り添うことができるのか、そうした互いの触れ合いこそが、関係を深める要因ではないのか。

俺は、デミウルゴスの気持ちに、寄り添って考えたのだろうか？

ただ、自分の気持ちが固まることに、時間を掛けようとしただけじゃないのか？

それは、つまり、自分のことしか考えてなかったってことだ。不誠実極まりない。

適当な気持ちで答えを返すことだって、もちろん正しくはないだろう。が、相手に甘えて自分の気持ちしか考えないのは更に性質《たち》が悪い。

俺は、そんな性質の悪い男だった……

だから、これで終わらせる。

本当の最低最悪な男になる前に……

「デミウルゴス……俺は……」

誰かを好きになる……その気持ちは、いまだにわからない。

だが、

「正直、お前を好きなのかどうか、まだわからない……でも」

でも、お前がティターンに侮辱されたとき、かなり不快な気持ちになった。

逃げているとき、こいつが傷を負うことに、耐えられそうになかった。

好きという気持ちを真っ直ぐにぶつけられて、戸惑いも大きかったが、それと比例するように、嬉しくもあった。

デミウルゴスは世界の敵……二年前の俺は、そう信じて疑わなかった。人間だけではない、全ての生命を脅かす存在だと聞かされ、俺は彼女を討伐するために旅をしてきた。

しかし彼女は、世界を滅ぼそうなどとは考えておらず、実際は誰よりもこの世界のことを案じ、愛し、救おうと心を砕いていた。むしろ、世界の崩壊を進めていたのは、俺たち人間の方で……だからこそ、デミウルゴスは人間に刃を向けたのだ。

だが俺は、その事実を知ってなお、自身が大切だと思う者たちのために、戦った。そのことに後悔はしていないし、するつもりもない。

命懸けの戦いの末に、俺はデミウルゴスに深手を負わせた。それと引き換えに、命を落とす結果となったのだが……デミウルゴスは敵であったはずの俺を救ってくれた……自分の魂を俺に与えて。

なぜ彼女がそこまでしてくれたのかは、いまだ思い出せない。だがデミウルゴスは今日までずっと、俺に対して『好き』という態度を崩すことなく接してくれた。そして、世界を救うために世界樹を世話する献身的な彼女の姿に、俺はいつしか目を奪われるようになっていた……

「俺はお前といると、心地いいって思った。好きだと言ってくれたことが、内心、すげぇ嬉しかった。……それでも、俺自身の好きって気持ちは、まだあやふやで、形はあいまいだ……だけど……」

言おう。

今までずっと待たせてたぶん、嘘偽りなく、応えよう。

「俺は、これから先、ずっとお前と生きていく！　一緒にいて、俺はお前を本気で好きになる！　で、最後にはお前が全力で笑えるくらいに幸せにしてみせると誓う！　そしてもしこの世界で死に別れて、新たに転生したとしても……俺はお前を見つけ出して、ずっとそばにいる！　そうしてずっと一緒に、世界樹と世界を守って行こうっ、デミウルゴス！」

もう自分でも何を言ってんのかよくわかんなかった。たぶん、色々と支離滅裂だ。言いたいことを全部ごった煮にしてできた言葉が、これ……

誰かと付き合ったことのない俺が、かっこいい台詞なんて言えるわけないとはわかってても、もう少しどうにかならなかったのかと、羞恥で顔が熱くなる。

実際、デミウルゴスは俺を見上げてポカンとしていた。

だが、ハッとしたように我に返ると、そっと声を掛けてきた。

「……旦那、様……それは、つまり……我の想いに……」

「ああ。俺はお前の気持ちを、全部っ、受け入れる！」

「っ！」

その言葉を聞いたデミウルゴスの瞳から、ポロポロと涙が溢れ出した。

腰に回された腕がほどかれ、彼女の小さな手が俺の頬を両手で優しく包む。

つま先立ちになったデミウルゴスは、顔を近づけてきて、

「ああ……旦那様よ。ついに、我の想いを受け止めてくれるのじゃな。その言葉は、偽りではないのじゃな」

「ああ。俺は覚悟を決めた。俺と夫婦《一緒》になろう、デミウルゴス」

「〜〜〜〜〜っ！」

きっと、一緒にいる時間を共有することで、俺はデミウルゴスを、好きになる。

いや、もう俺は、こいつを好きになりかけているんだと思う。

過去には俺と全力で力をぶつけ合い、目覚めてからは、真っ直ぐな気持ちを向けてくる彼女。

なぜ、デミウルゴスがここまで俺を好きでいてくれるのかは、正直なところわからないし、こうなった切っ掛けの記憶も俺にはない。

だが、それでも今、俺の中にはデミウルゴスに対する確かな好意の芽が、花開く瞬間を待っているような気がした。

たぶん、あと少し……心の花が咲くまで、さほどの時間は掛からない。

記憶を取り戻すよりも先に、俺は『また』彼女を本気で好きになる。

そんな未来が、俺には容易に想像できてしまった。

「っ、旦那様……っ！」

「え、ちょっ、うわぁ!?」

不意に、デミウルゴスが俺の胸元を押してくる。そのせいで、俺は大きくよろけて、泉に尻から突っ込んでしまう。

ばしゃんっ、という大きな音を立てて、尻餅をついてしまう俺。すると、驚愕する俺の上に、デミウルゴスが覆いかぶさってきた。

「旦那様、旦那様……もう、我慢できぬ……これ以上は、抑えられぬ……」

「デ、デミウルゴス……っ!?」

彼女は俺の手を取って、自分の胸に押し付ける。

柔らかい胸が押しつぶされ、形を歪める。

卑猥な光景に、俺の心臓はドキンと跳ねた。

「ほれ、わかるか？　我の鼓動が……バクバクと、うるさいくらいに跳ね回っておるのじゃ。主のせいじゃぞ。主が我を、こんな風にしたのじゃ……もう、自分が抑えられぬ」

潤んだ瞳の中に、淫靡な色を宿すデミウルゴス。溢れる吐息は非常に熱く、胸に沈む掌の中では、彼女の興奮を示すかのように、しこった桜蕾が徐々に膨らんでいくのが分かる。

そう……明らかに、デミウルゴスは興奮状態……いや、発情していた。

「もう、我慢せぬ……我は今から旦那様の初めて《童貞》を奪い、我の初めて《純潔》を捧げよう。よいな？　もう、よいよな、旦那様……っ！」

「…………ああ」

俺は、そっと頷いた。

全て、受け入れると決めたのだ。

彼女の想いを、全て……

だから、行為を望むなら、俺はそれを拒まない。

いいや……もう、拒みたくない。

熱に浮かされた俺は、デミウルゴスの魅力に思考の全てを奪われてしまう。デミウルゴスが体重を預けて、俺の唇を再び塞いでくる。俺は彼女の後頭部に手を回し、キスをより深くした。

お互いの熱を交換するかのような濃厚なキス。

しばらくは、お互いに貪る様にキスを交わしたが、ふいに唇が離れて、デミウルゴスが体を持ち上げる。

そして……

「ゆくぞ、旦那様よ……」

——その一言を最後に、俺たちは森の中で一つに溶け合った。

お互いに初めて同士……体を駆け抜ける快感に導かれるまま……日が暮れて、夜空に星が瞬くまで、俺たちは……

互いを愛し合った。

※

「――のう、旦那様よ」

「うん？」

気だるい体を横たわらせる俺に、デミウルゴスが声を掛けてきた。

彼女は俺の左腕を枕にして、ひどく幸せそうに笑みを浮かべている。

「体を重ねるというのは、ほんに心地よいものじゃのう。体と一緒に、まるで我等の心までもが繋がったようであった……あまりにも幸福を感じすぎて、どうにかなってしまいそうじゃったぞ」

「ああ、俺もだよ」

肌を重ねるということが、これほどまでに多幸感を得られるものだとは、思っていなかった。

おかげで、初めてだというのに、少しやりすぎてしまった感がある。

「体は、大丈夫か？　血、出てたろ？」

初めてを奪った証が、ふとももを伝ったとき、俺は思わず取り乱してしまった。

彼女を気遣う俺に、だがデミウルゴスは、瞳に涙を浮かべつつも、笑みを見せて逆に俺を気遣ってくれたのだ。

「少しだけジンジンするが、心地よい痛みというヤツじゃ。気にするでない」

「そっか……もし辛かったら、ちゃんと言ってくれよ」

「大丈夫じゃと言うに……主はほんに心配性よな。まぁ、体を気遣われて、我も嬉しいがの」

俺は、デミウルゴスの腰に手を回し、彼女を抱き寄せる。

「なぁ、デミウルゴス」

「うむ。なんじゃ、旦那様よ？」

腕の中で首を傾げるデミウルゴスに向けて、俺は覚悟を誓う言葉を紡いだ。

「これから先、何があろうとも、永遠に俺はお前の味方で、一振りの剣になり、守護の盾になる。お前と、お前の世界を脅かす全てのモノから、俺が必ず守り抜いてみせる」

「……ああ。期待しておるぞ、我が旦那様よ。なれば我は、主への愛を永遠のものであることを、ここに誓おう……たとえ幾星霜の時が流れようと、我は主を、愛し続けるぞ。約束じゃ」

まるで、契約を交わすように、俺たちは唇を合わせた。

夜の森の中で、俺たちの影が一つに重なっている。

口を離すと、デミウルゴスが俺を慈しむように見つめてきた。俺も、木々の間から差し込む月明かりに照らされる、純銀の乙女の姿に見惚れてしまう。

心の中の小さな蕾はほころび、今まさに、花を咲かせようとしていた。

幕間　二つの巨影

アレスとティターンが死闘を繰り広げた戦場跡……

月の青白い光が大地を照らす中、氷に覆われた平原の目前に、二人の人物が佇んでいた。

「「……」」

無言で氷の大地を見つめる二つの影。

一人は細身の体ながら、豊満な胸を僅かに揺らし、風になびく長髪がまるで煙《けぶ》るように夜闇に広がる。月夜の中、白い肌が光を受けて輝く、美しい女性であった。

そして隣にもう一人、こちらはいくらか小柄な体躯で、真っ白な髪が月明かりを反射させている。中性的な顔立ちながらも、ほんのりと隆起した胸がその者を女性だと認識させる。しかし彼女には人間にはない特徴……ケモノを思わせる耳と尻尾が生えていた。

「……どう思う……？」

ケモノ耳の少女が、隣の女性に向けて小さく問いを投げる。

「明確に断定はできかねますが、おそらくわたくしたちと同質のモノが、ここで暴れたのではないかと」

「つまり……？」

「おそらく、『四強魔《よんきょうま》の誰か』が、少し前まで、ここで何者かと争っていた、ということです……このマナの気配からして、おそらくはティターンではないでしょうか」

白髪の少女の問い掛けに答えた女性は目を細め、僅かに残るマナの気配を追う様に、エルフの森がある方角へと視線を向けた。

「同族の痕跡……なら……」

「ええ、微弱ではありますが、ここから漂うマナの気配を探れば、もしかすると『あの方』の居場所に辿り付くかもしれません……」

「なら、行こっか……」

「はい……気配が完全に消える前に、少しでも辿らなければいけませんからね」

そこで二人は、お互いに口を閉ざして、お互いの間隔を空ける。すると、

『『ガァァァァァァァ――ッッ!!』』

突如、辺り一面に鼓膜を引き裂くような咆哮が響き渡った。かと思えば、月夜の中に、二つの巨大な影が出現し、大地と大気を盛大に震わせた。今までそこにいたはずの二人の女性の影は忽然と消えうせ、代わりに長大な蛇のような体躯を持った化け物が宙に浮き、黒き体毛に全身を覆われた四足獣が大地に太い足を食い込ませている。

月光照らす静寂の大地に現れた二体の巨影は、その鼻先を東に向け、各々に空を、大地を駆けた。

自らを生み出した、銀の創造神を探し出すために――

《了》

あとがき

この度は、「嫌われ勇者」をお手に取っていただき、まことにありがとうございます。

え？　本当に手に取っただけなんですか？　まだ買ってない……読んでない……あとがきから読む派の人……そ、そうですか……で、でも、本編も読んで欲しいなぁ、なんて……と、とりあえず！　本編を読んでもらったという体で、話を進めましょう！

この作品は、小説投稿サイト「小説家になろう」で連載した作品です。

投稿した直後に、まさかランキングの上位に食い込んじゃうなんて、夢にも思っておりませんでした、はい。ですが、そのおかげもありまして、こうして書籍化の打診をいただき、紙の本として世に出ることになったわけです。

え？　作品が生まれた切っ掛け、ですか？　……特別なエピソードがあるわけじゃないんですけどね。

仕事の帰り道、昼休みになろうで読んだ作品を思い出していたんです。その物語に登場する勇者が、とんでもないクソ野郎だったんですが、そこでふと、こう思ったわけです。

――もし、このクソ勇者が、実は本当はいい奴で、仲間のために一人こそこそと裏で動いていたら、どんな物語が展開されていたんだろう……と。

この思いつきから、物語の冒頭が脳裏に思い浮かび、本当に気まぐれで、気の向くままにキーボードをタイプした末にこの作品が生まれた、というわけです。

あと、ラスボスをメインヒロインに据えようと思いついたのは、実はタイトルを考えているときなんです。つまり、物語からタイトルが生まれたのではなく、タイトルから物語が生まれたわけですね。ややこしい。

あ、それと作中のメインヒロインの名前ですが、創造神というモチーフを探していて見つけた神様が「デミウルゴス」だったんです。決して！　某有名作品に登場する眼鏡にスーツの守護者で上級悪魔なあの人とは関係ありませんよ!?　そもそも性別からして――ゲフンゲフン！

と、変なことを口走る前に、謝辞を。

担当編集様、共に本書を出版まで導いてくださったこと、感謝の念に堪えません。

そして、本作のイラストを担当してくださった、かみやまねき様、作中のキャラクターたちを、可愛く、美しく、格好良くデザインしてくださり、感謝感激です。誤字脱字を指摘してくださった校正様、長いタイトルをきっちりと表紙に収めていただいたデザイナー様、おかげで本書を世に出せました。そして最後に、ＷＥＢ版から読んでいただいている読者様、こうして紙の本という形で作品が出せたのは、全て皆様の応援あってこそです！　本当にありがとうございました！　そして、この本を手に取ってくださいました全ての読者様に、心からの感謝を！

それでは、もし何かの間違いで次巻が出たときは、またお会いしましょう！

らいと

BRAVENOVEL
ブレイブ文庫

嫌われ勇者を演じた俺は、なぜかラスボスに好かれて一緒に生活してます!

2020年1月28日　初版第一刷発行

著　者　　らいと

発行人　　長谷川　洋

発行・発売　　株式会社一二三書房
〒101-0003 東京都千代田区一ツ橋2-4-3
光文恒産ビル
03-3265-1881

印刷所　　中央精版印刷株式会社

ISBN 978-4-89199-609-3